每個午夜都住著一個

說故事 I

青燈鬼話

童亮——著

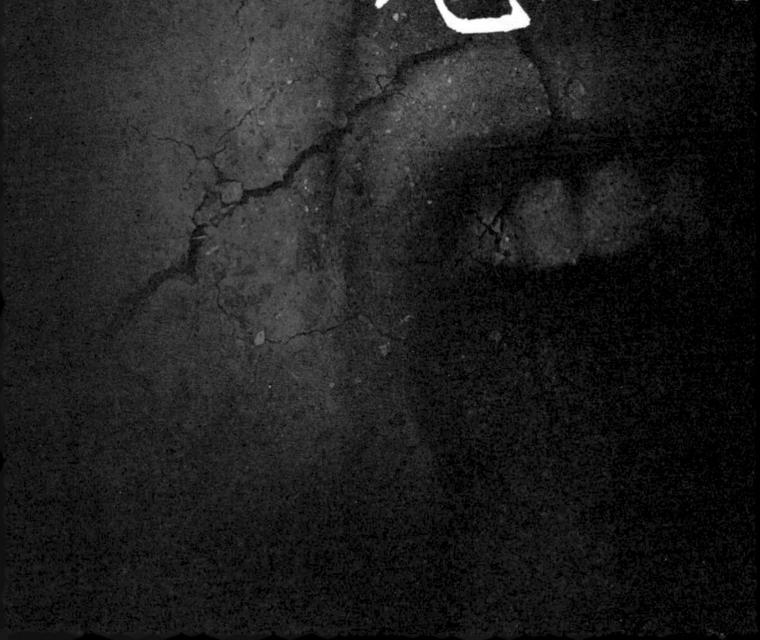

寫在前面的話——

傳說人死之後化為鬼。

鬼者，歸也，其精氣歸於天，肉歸於地，血歸於水，脈歸於澤，聲歸於雷，動作歸於風，眼歸於日月，骨歸於木，筋歸於山，齒歸於石，油膏歸於露，毛髮歸於草，呼吸之氣化為亡靈而歸於幽冥之間（出於《道經》）。

可見，「鬼」這個字的初始意義，已經與我們現在所理解的相去甚遠了。這本書，講述的雖然是詭異故事，但實際上是想將這個字引回原有的意義上——一切有始，一切也有「歸」。好人好事，自有好報；惡人惡行，自有惡懲。

目錄

Contents

深埋在峽谷中的篼箕，
穿著嫁衣上吊的新娘，
沒有呼吸的活人，
行走在荒野裡綠屍體……
話說，在湖南隱秘的村落裏，
發生了一連串詭事。
到底是誰導演了這一幕幕詭異的場景？
人死後，怨氣能否重回世間？
一個個謎團讓村民不斷陷入精神恐怖的極限，在坊間流傳的恐怖傳聞一次次侵擾著村民的內心，是的，它們，隱藏在仍然未知的恐懼中，步步逼近。
而現實中，卻只有一對爺孫能夠洞察詭異的秘密……

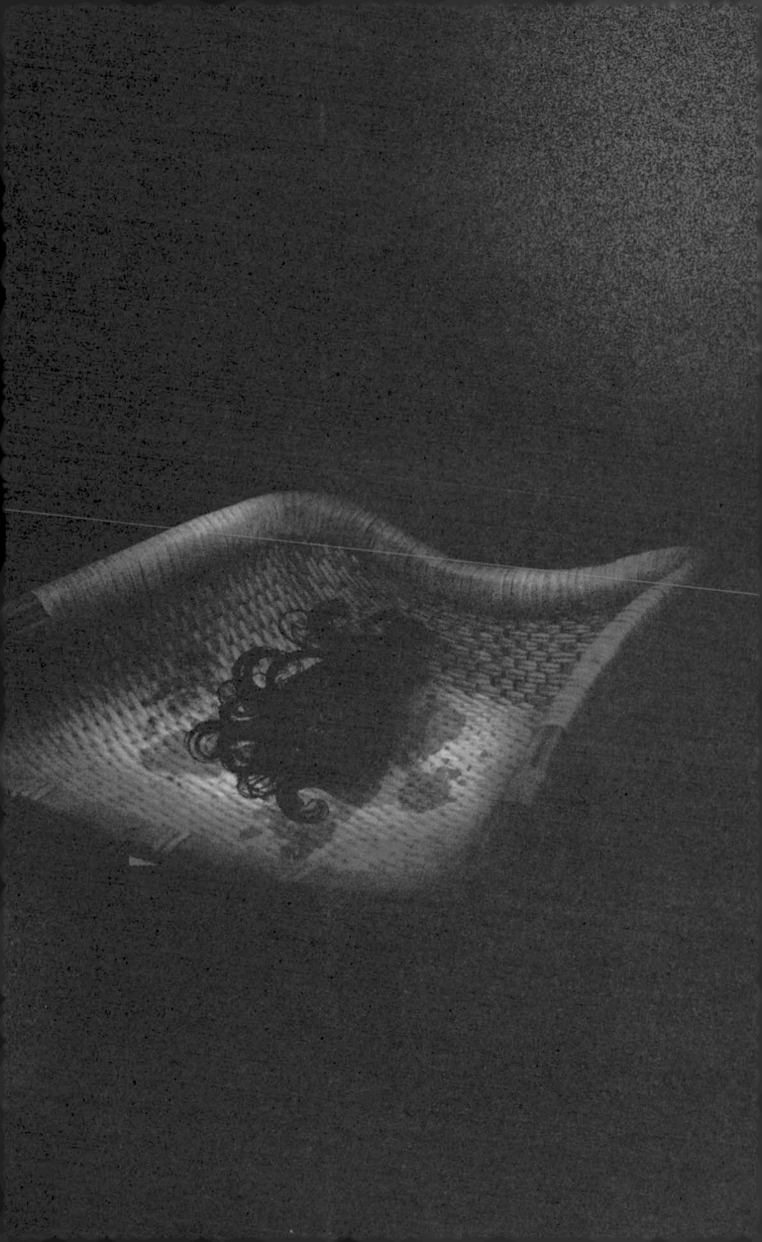

箢箕

1

大三的時候，學校宿舍做了一點點變動，我們宿舍原本空一床位，所以搬進來一個湖南的同學。這位同學的肚子裡裝滿了離奇古怪的故事，但是他有一個奇怪的習慣，無論其他同學怎麼央求，他都要等到時鐘的三個指針疊在一起——也就是零點的時候才開始講述。

用他的話來說，這些故事都住在午夜零點，別的時候是不會出來的。

他搬進宿舍的第一個晚上講的第一個故事，便將我深深吸引。之後每每想起，身上還會起一層雞皮疙瘩。

頭一個晚上是他主動講給我們聽的。當時鐘的三個指針疊在一起的時候，他開口了：「你們聽說過箢箕①嗎？」

我們搖頭。

他呵呵一笑，神秘兮兮地說：「那我給你們講一個有關箢箕的故事吧。」伴隨著牆上時鐘的滴答滴答聲，他的故事開始了……

自從上大學後，我就很少回家了。因為家在湖南，學校在東北遼寧，兩地相隔半個中國的距離，並且學校在這個比較偏僻的小城市，來來去去要不停地換車真的很麻煩。因此，除了過年，我從來不回去，暑假時家裡熱得要命，而遼寧相對來說天氣涼爽很多，所以即使暑假有兩個月的假期我也是不肯回去的。（一個雲南的同學插言道：「我也是。」）

也是這個原因，我很少有機會去我爺爺家看望老人家。我小的時候有幾年的時間待在爺爺家，可以說是在爺爺家長大的。

這裡要說一下我們那個地方的稱呼習慣。我們那一帶沒有叫「外公」的

1. **箢**箕：用竹篾等編織的盛東西的用具。

習慣，而我真正的爺爺早在我父親六歲的時候就去世了，現在還活著的爺爺用書面的語言應該叫「外公」。我們那一帶的小孩子都管「外公」叫「爺爺」。

我跟我爺爺的感情很深，我媽媽是他的長女，我是他第一個孫輩，所以他特別喜歡我。並且媽媽和舅舅的年齡差距有二十歲，短時間裡不可能出現其他的孫子跟我爭寵。我小時候在爺爺家住的時候，他不管做什麼事都會把我帶在身邊。收割的時候把我放在田坎上，看牛的時候把我放在牛背上，燒飯的時候把我放在漆黑的灶上，一刻也捨不得我離開。

我上大學之前，每個星期都會去一趟爺爺家。也許因為是經常看見爺爺，所以不覺得他在慢慢變老。但是這次時隔一年我從學校回去，再看到爺爺的時候大吃一驚，感覺他在一天的時間裡衰老了很多，頓時心裡生出無盡的悲傷。

爺爺剃了個光頭，臉上的皺紋厚厚地堆積起來，像枯了的松樹皮。走路也沒有原來那麼穩當，身子骨瘦了許多，手捏白沙菸②的時候還不停地抖。只有那個笑容還是記憶裡那樣令人溫暖。

我從遼寧回來的第二天便跟著媽媽去看爺爺。來到他家門口的時候，正好鄰里有一個人找爺爺有事，說是家裡的一隻老母雞走失了，一連兩個晚上沒有回籠，昨天找了一天也沒有看到影子，麻煩爺爺給他掐個時③，算算那隻老母雞是被人家宰了，還是跑到別的地方去了。爺爺抬起枯得像松樹皮的手指掐了掐，又想了一陣，說：「你從這裡出發，順著這條道筆直向南面走，應該就可以找到牠了。牠還活著呢。」

那人連連感謝，掏出菸敬給爺爺。這時我喊道：「爺爺，我回來了！」爺爺混濁的眼睛發出光芒，欣喜地說：「哎呀，我的乖外孫回來啦，大

2.白沙菸：一種廉價香煙，名字是白沙。

3.掐時：掐算。用「天干地支」尋找失物的方法。民間歌訣：甲己陽人乙庚陰，丙辛童子暗來侵，丁壬不出親人手，戊癸失物不出門；甲己五里地，乙庚千里鄉，丙辛整十里，丁壬三里藏，戊癸團團轉，此是失物方。

學生回來看爺爺啦！哈哈哈哈……」我頓時回憶起過去每次來爺爺家的情景，想起跟他一起去捉鬼的往事，心裡不禁感慨萬千，爺爺老了，再也不能帶我一起去捉鬼了。

我稍微介紹一下爺爺住的周邊環境。從東邊的水庫順著老河走到西邊的落馬橋都是屬於畫眉村的地盤，這裡的人都共同姓一個馬姓，外來的媳婦除外。記得十幾年前，第一個來找爺爺捉鬼的是住在畫眉水庫那邊的馬岳魁。馬岳魁是殺豬的屠夫。這一帶的人都在他這裡買肉，也都知道他一連死了三個兒子——都是出生不到一個月就無緣無故死了。

馬屠夫以為媳婦的身體哪裡出了毛病，帶著媳婦去各地的大醫院看了無數次，檢查了無數次，都檢查不出問題。一時間眾說紛紜，有的人說馬屠夫殺生太多，血腥太重，剛出生的兒子扛不住家裡的血腥氣，所以夭折了。可是馬屠夫說，天底下這麼多殺豬的，為何別人不絕種偏偏要我絕種？別人也就啞口無言了。

還有的人說馬屠夫的房子風水不好，房子靠大水庫太近，可能沖煞了哪方神鬼。馬屠夫說，我奶奶生了我父親，我娘老子又生了我，都是住在這個屋子裡，怎麼我活得好好的？別人又被問住了。

我爺爺悄悄地告訴他，恐怕是衝撞了筦箕鬼。馬屠夫不相信。

可是這次，馬屠夫半夜提著一串豬腸子和一掛豬肺來了，他來請爺爺幫忙。馬屠夫來的時候，爺爺已經睡著了，我也正在夢鄉裡。馬屠夫把爺爺家的木門敲得山響，大喊：「岳雲哥快起來救我！」我爺爺叫馬岳雲，跟馬屠夫排行上是親戚，雖然我爺爺比他大二十多歲，可是都是「岳」字輩，所以馬屠夫叫我爺爺「岳雲哥」。

爺爺披衣起來開門，我也被吵醒了。我聽見他們竊竊地交談，由於當時夜裡很靜，所以他們的對話被我無一遺漏地聽到了。

馬屠夫喘著粗氣，說：「岳雲哥要救我啊！」

爺爺問：「怎麼啦？這半夜漆黑的跑來幹嘛？有事明天早上來也說得清嘛。」爺爺一邊說一邊把馬屠夫讓進家裡，搬椅子給他坐了。

馬屠夫把帶來的豬腸子和豬肺往桌上一扔，說：「這點小意思你收下。這個忙你幫也得幫，不幫也得幫。」

爺爺問：「什麼忙都不知道，我怎麼幫你？」

於是，馬屠夫壓低聲音說：「我今天撞鬼了……」

爺爺一驚，連忙起身去掩門，腳步在屋子裡沙沙的響聲都被隔壁房間裡沒有睡著的我聽得一清二楚。我被馬屠夫的話吸引，豎起耳朵仔細地聽他們的談話，聽到後來撐在床上的手不住地顫抖。

馬屠夫聲音微微顫抖地說：「我今天賣肉賣到很晚才回來，路上經過化鬼窩時聽到有人在山坳談話。我心想不對呀，這麼晚了還有誰在荒山野嶺談話啊？而且是在這個白天都幾乎沒有人願意來的地方？」

我聽到茶盅叮叮咚咚的碰撞聲，接著聽到水聲響，料想應該是爺爺在給馬屠夫倒茶。爺爺說：「是啊。化鬼窩埋了許多夭折的小孩子，是忌諱很多的地方，除了村裡幾個年紀輕輕膽子大的人，別的人白天要經過那裡都會繞著走呢。」

馬屠夫接著說：「我也這麼想呢，我平時也是不怕鬼不信鬼的。我心裡很好奇，於是蹲在一塊大石頭後面偷聽他們說什麼，一聽嚇我一跳！」

爺爺壓低聲音問：「怎麼嚇你一跳了？」

馬屠夫神秘兮兮地說：「我聽到一個小男孩和一個小女孩的聲音。」

此時，爺爺和馬屠夫都停下不說話了。夜死靜死靜的，我抬頭看窗外的月亮，蒼白如紙。

馬屠夫咕嘟喝了一口茶，又說：「那個女孩的聲音說，馬屠夫的媳婦又懷孕了，你又要去害他嗎？我一聽他們說的是我，更加奇怪，蹲在石頭後面接著聽下去。那個男孩說，當然要害他。女孩說，你要怎麼害他？男孩笑了幾聲，聲音很難聽，像砂布④擦椅子的嗤嗤響，令我渾身起了一層雞皮疙瘩，不住地打冷顫⑤。男孩的聲音說，我要他有得生沒得養。」

爺爺也驚訝道：「怎麼有得生沒得養啊？」

馬屠夫說：「那個女孩也這麼問。男孩就說，我要投胎到那個女的肚子裡，在生下後第七天晚上十二點死掉，然後來跟你玩。如果她再生，我再這樣。讓他有一個兒子死一個兒子。後來他們約好了，等我媳婦生的孩子死後再到這個化鬼窩來相約。」

爺爺口裡嘶嘶地倒吸著氣。而我在隔壁聽得汗毛都立起來了，覺得被子裡冰涼。

「你得救我呀，岳雲哥。我媳婦肚子已經大了幾個月了，搞不好就快生了。如果再被那個箢箕鬼弄死，我活著也沒有什麼意思了。」馬屠夫央求道。

我要跟大家說的是，常山這一帶居民把出生後還沒有斷奶便死去的小孩的鬼魂叫做箢箕鬼。這些小孩的屍體只能用一種叫「箢箕」的挑土工具抬出去埋葬。而用過的筻箕不能再拿回來，就倒扣在小孩的墳上。筻箕鬼的墳墓不可以隨便建在哪座山上，只可集中在某個偏僻的山坳裡，這是約定俗成的老規矩。而那個山坳就是人們口中所說的「化鬼窩」。

村裡的長輩說，筻箕鬼的童心還在，又因為許多筻箕鬼埋在一起，它們便經常在太陽下山後一起出來玩耍，它們尤其愛玩火。曾經有人遠遠看見「化鬼窩」那邊飄浮著數團鬼火，還聽見不太清晰的咯咯笑聲。第二天，那個人彷彿被煙燻了，不停地流眼淚，兩顆眼珠子比兔子的還要紅，過了足足七七四十九天才恢復原樣。

爺爺勸馬屠夫說：「你媳婦還沒有生孩子下來，暫時它還害不到你的。今天太晚了，想出辦法來也不能馬上處理。你先回去吧，安心睡個覺。我會幫

4. 砂布：塗敷有磨料的布或紙製的環布。
5. 打冷顫：因害怕而顫抖。

你想辦法的，我們是行上的親戚⑥，能不幫你嗎?!不過要對付筦箕鬼，說難也難，說不難也不難。好了好了，不說這麼多了。你先回去吧，等我想好了法子再去找你。」一說完提起桌上的豬腸子和豬肺要馬屠夫拿回去。馬屠夫又說了許多感激涕零的話，並不收回送來的東西。

爺爺連勸帶推把馬屠夫送出屋，而後關門睡覺。不過我聽見爺爺在床上翻來覆去，中間又起床喝了一次茶，折騰了不一會兒天際就開始泛白了，外面的公雞也開始打鳴。而這一夜，我更是不敢闔眼，心裡既害怕又好奇。

2

外面的公雞才打第一次鳴叫，最多不過四五點鐘，爺爺的門又一次被敲響了。

爺爺還在睡，呼嚕打得震天響。我睡眼惺松地開了門，還沒有等我看清楚是誰，馬屠夫就上氣不接下氣地問：「你爺爺呢？你爺爺起來沒？」

我看馬屠夫是急糊塗了，就是昨晚沒有耽擱也沒有誰這麼早起來呀。我說：「爺爺還沒有起來呢。」馬屠夫一進門就帶進來一身早上的寒氣，把我凍得抱住胳膊不敢靠近。其實，馬屠夫才三十歲左右，但因為工作的原因營養豐富，頭上的短頭髮黑得像是抹了豬油。當時正值深秋，外面的霧特別大，馬屠夫的頭上籠罩著厚厚的一層霧水，乍一看彷佛一夜之間青髮全部變成了白髮，嚇了我一跳。

馬屠夫抱歉地笑笑，又緊張地問：「你爺爺呢？快叫他起來，我有緊要事找他。」

6.行上親戚：排行上的親戚。

爺爺在裡屋聽到馬屠夫的聲音，高聲道：「怎麼了，馬屠夫？」

「出大事了。岳雲哥，出大事了。」馬屠夫似乎很冷，牙齒間發出咯咯的響動。

「什麼事？」爺爺倒是很冷靜。他倆就這樣隔著一塊門板說話，好像古代的大官召見平民百姓。

「真是奇了怪了！」馬屠夫吐了一口痰在地上，又用鞋底擦乾，說，「我媳婦生了！」

「生了是好事呀。」

「可是你不覺得奇怪嗎？早不生晚不生，偏偏這個時候生。肯定又是箢箕鬼在搞鬼。岳雲哥你說是不？」馬屠夫跺著腳說。

裡屋一陣子沒有說話。

「岳雲哥你倒是說句話呀。」馬屠夫著急道。

裡屋的門打開了，爺爺披著衣服出來，不可置信地問道：「你媳婦這個時候生了?」

「岳雲哥,這種事情我可能騙你嗎?」馬屠夫一把抓住爺爺的手。那時候爺爺的手還沒有枯成松樹皮,但是有很多老繭,握的手時能捏得你生疼。本來是一雙典型的淳樸農民的勞動的手,可是偏偏能掐會算,比一般的算命的道士還要厲害。只要報對了孩子出生的時辰,他那雙手能算出孩子的來世今生,甚至孩子出生時候是頭先出來還是腳先出來,是仰著出來還是俯著出來。

我出生的那天,爸爸到爺爺家放鞭炮告喜,爺爺要了我的出生時辰,掐指一算,說,你快回去看看孩子,他的左手是不是朝側面翻著。我爸爸說,一時太高興了,沒來得及看。爺爺將我爸爸推出門,說,你快回去,看看孩子的手是不是生得不順利,如果是的話,我就要賜符保護他。爸爸回家一看,我的手果然朝側面翻著,掌心反著摸不到前胸。後來爺爺用很古怪的方法治好了我的手,這個以後有機會再說。

馬屠夫說：「我昨晚從你這裡回去，還沒有走到家門口，蘭蘭就從屋裡出來。她見了我就責怪我，說，你媳婦都生了還不見你的鬼影，要我快去找兩塊尿布把孩子包起來。我還以為蘭蘭騙我呢，跑進屋一看，果然已經生了。鄰里幾個婦女正亂成一團。我當時就傻了，哪有這麼碰巧的事！」

「可不是！」爺爺說。

「岳雲哥，你給我出個主意呀。我都要急死了，如果七天內不解決好，恐怕我的這個兒子仍然保不住啊。」馬屠夫雙腿一軟，跪了下來。

爺爺連忙扶起他，聲音沙啞地說：「看來我們得下狠手了。它是要逼得你沒有辦法，你也只能用最惡毒的方法回報它。」

馬屠夫哭著腔調連忙問：「別看牛平常老實，要是老虎動了牠的幼崽，牠也會用牛角跟老虎鬥呢。如果它真要了我兒子的命，我也是什麼事都做得出來的。」

爺爺點點頭，便向他如此如此，這般這般交待。馬屠夫都用心記下。

剛好那幾天奶奶（也就是「外婆」）不在家，她去了姨奶奶家小住。而兩個舅舅都在學校住校，平常家裡就我和爺爺兩人。我聽爺爺說晚上要出去捉鬼，便吵著鬧著要跟著一起去。爺爺不同意。我千說萬說一個人在家裡更加害怕，如果碰到鬼了沒有人保護我，還不如跟著爺爺，即使鬼要害我，還有爺爺保護呢，有爺爺在我就不怕。爺爺被我奉承得笑了，只好點頭答應。爺爺反過來安慰我：「一同去的還有幾個年輕力壯的漢子，不用害怕的。」

天將晚，馬屠夫帶來七八個同村的膽大漢子，人人手上繫一根血紅的粗布條。爺爺自己也繫了一根，又給我繫了一根。大家一起準備吃晚飯，桌上有酒有肉，都是馬屠夫帶來的。我也圍在旁邊，胃口大開，可是桌上沒有筷子，於是主動請纓：「我去拿筷子來。」

爺爺說：「不要拿筷子，大家把手洗乾淨了用手吃。」

我迷惑道：「怎麼不用筷子呢？」

馬屠夫向我解釋道：「你爺爺說的是對的。我們不能用魂靈用過的東西，不然對付箢箕鬼的時候要出麻煩。」

我一想，筷子確實是魂靈用過的。以我們那邊的習俗，每年過年吃飯的時候，飯桌上總要多放幾雙筷子，媽媽說那是留給死去的長輩用的，是祭祀祖先的。那情形就像廟裡和尚給菩薩供奉一碗素菜或者一碗白米一樣。這造成我過年吃飯的時候不專心，偷偷瞥一眼放著筷子的地方，總覺得那裡有看不見的人坐著同我一起吃飯夾菜。有時我伸出筷子夾菜也要小心翼翼的，生怕搶了它們要吃的。

那幾個壯漢也不客氣，挽起袖子在碗裡抓肉放進嘴裡嚼，一副視死如歸的樣子。我頓時受了感染，覺得去捉鬼是很壯烈的事情，像革命烈士在敵人的鍘刀前寧死不屈。我自誇我這麼小就很勇敢真是了不起，熱血沸騰，摩拳擦掌要跟他們一起將害人的鬼捉拿歸案。我興奮地挽起袖子，將手伸進油膩的大碗裡，心想可惜我不會喝酒，要不喝點壯膽也好。

飯菜吃完，馬屠夫給每人發了一把嶄新的鋤頭，鋤頭把上也繫了血紅的粗布條，和手上的一樣，但是我沒有。「你在旁邊看看就可以了。」馬屠夫說，「小孩子練練膽子也好，堂堂男子漢天不怕地不怕，以後一定會前途無量的。」我知道他這話是奉承爺爺的，不過我不介意。

爺爺扯了一塊四方的黃紙，上面用毛筆寫了扭扭歪歪的符號，像變了形的彈簧。我看不懂。爺爺用手蘸了喝剩的酒往黃紙上面彈灑，然後說：「都準備好了吧，一起出發吧。」

外面的月光依然寒冷肅靜，偶爾聽見遠處樹上的貓頭鷹叫。

3

我們從村裡狹窄的房子與房子之間的空隙穿行出來，順著老河走了一段，又越過幾條田坎，穿過一座光禿禿的小山，便來到了化鬼窩。這時已是萬家燈火，月亮靜靜的照著，四周一片肅靜。村子已經遠遠地撇在身後，只清晰聽得哪家的狗不住地吠叫，除此之外就是不知道藏在哪裡的土蟈蟈在聒噪。開始聽得很清楚的貓頭鷹鳴叫現在聽不到了。

爺爺掐指一算，說：「大家快找個地方隱藏，箢箕鬼就要出來了！」

大家一聽，都慌忙找地方隱蔽。我跟爺爺還有馬屠夫躲在原來的那塊大石頭後面，屏氣斂息。其他人有的躲在石頭後面，有的躲在大樹後面，大氣也不敢出。

在月亮的悄悄挪移下，地處山坳的化鬼窩顯得異常詭異。許多饅頭一樣的小墳擁擠在一起，墳墓上的荒草在輕風中搖擺，似乎墳墓裡面的人因為過度擁擠而極不舒服地扭動身子。山上的樹木沙沙作響，似乎在安撫它們不要亂動。浮雲只有在月亮經過的地方能看見一塊，緩緩地移動，彷彿地面的風也吹動了它們。而我手上繫的紅布條也活了似的亂動，弄得手背癢癢。

突然，一個細小如螢火蟲的火焰在一座小墳上緩緩升起，紅彤彤的。火焰慢慢變大，顏色也開始轉換，由紅色變為暗紅，又變為白色，而後白色周圍散發出詭異的藍色光芒。接著，墳堆的另一處也出現一個螢火蟲大小的火焰，變化的情形和前者相同。兩個火焰漸漸相互靠攏，一個順著風，這沒有什麼奇怪的，可是另一個逆著風，好像有力的作用在後面推。

我害怕地看看爺爺，爺爺的臉色剛毅，眼睛死死盯住墳堆上的火焰，像一支待發的箭。而馬屠夫的手已經在劇烈地顫抖，不知道是因為害怕還是仇恨，只等爺爺的一聲令下。

這時一個女孩子的聲音出現：「你不是要等七天再來的嗎？」

男聲音回答：「那個馬屠夫好像發現了什麼，行為不像以往。可能發現了我的打算，所以我早早地來了。」

話說出的同時，兩個火焰分別變化成一男一女的小孩模樣。小男孩的正面對著我，所以我能看清他的面容。他的頭髮枯黃長及肩，在微風下亂舞。眉毛短而粗，像是用蠟筆粗略畫成的。臉色煞白，嘴唇卻是朱紅，穿著過於寬大的紅色外衣，上衣蓋到了膝蓋，膝蓋以下隱沒在荒草裡。整個人看起來像死後放在棺材裡的屍體，煞是嚇人。

小女孩背對著我，只看見一對直立的山羊小辮，穿著灰白的連衣裙。但是耳朵尖聳，彷彿蝙蝠一般。

這時，爺爺大喊一聲咒語：「上呼玉女，收攝不祥！」甩手將畫了符灑了酒的黃紙擲出。黃紙如離弦的箭直射向那小男孩。與此同時，躲藏在各個暗處的人撲出來，將那小男孩按住。那個小女孩見勢不妙，立即幻化成一團熊熊燃燒的火。撲在小女孩身上的幾個人被火燒得齜牙咧嘴，大聲叫娘。小男孩被爺爺的黃紙符鎮住，變化不得，只是「嗷嗷」地嚎叫，如過年被宰殺的豬。

「打它的腦袋！」爺爺大聲吆喝。

只見，七八個人按住小男孩，但是小男孩不停地掙扎，力氣非常之大，兩個人被它踢倒，其他人也出了一身臭汗。「抓都抓它不住，怎麼打！」一個漢子抱怨道。

「不打腦袋就制伏不了它！」爺爺粗聲喊道。

幾個人連忙舉起鋤頭砸向小男孩的腦袋，幾滴血濺在我的身上，感覺燙得很，像剛剛燒開的水，還有一點魚腥味。爺爺伸出食指和中指按住黏在小男孩額頭的黃紙符，一刻也不敢鬆開。我愣愣地站在旁邊，它像豬叫的聲音使我渾身不自在。

就在這個時候，周圍變得亮起來，漸漸地如同白晝。我們都圍著小男孩沒有注意這些。小男孩終於掙扎了兩下不動了。我們籲了一口氣，正要坐下，突然發現我們被藍色火焰包圍了。十幾團鬼火忽閃忽閃，將我們包圍在中間。我們都嚇呆了，只聽爺爺說：「大家都把紅布條亮出來。那上面有女人的經血，避邪的。」

大家立即擼起袖子，將手腕上的紅布條亮出來。果然，鬼火不再靠近我們，但是它們也不肯離開。我們就這樣僵持著。只見，馬屠夫的臉嚇得變了形，在藍色的火光照耀下甚是恐怖，我看了一眼馬上不敢再看，彷彿他才是可怕的鬼。

爺爺放低聲音對那些鬼火說話：「各位小朋友，我們也是沒有辦法，馬屠夫的媳婦都生了好幾胎了，可是沒有留住一個孩子。再這樣下去，他媳婦的心情和身子都受不了的。」

那些鬼火在風中左右搖擺，似乎在聽爺爺跟他們講道理。

爺爺接著慈祥地說：「你們想想，你們的去世也給你們的父母造成了多少傷痛啊。哪個父母不喜愛自己的孩子？你們的意外夭折也是他們都不願意看到的。」

這時風發出奇異的怪叫，聽起來像出生的嬰兒哭聲，但是聲音很低。馬屠夫悄悄地對其他目瞪口呆的漢子說：「看來它們還真聽人勸呢。」

但是它們還是不離開，我們也不敢有大動作，腳蹲酸了要挪動位置都是小心翼翼的，生怕驚動它們。

爺爺接著耐心地，像平時教導我一樣用長輩的溫和而不可抗拒的聲音說：「我知道你們在這裡沒有人來燒紙燒香放鞭炮，但是你們的父母不是不想你們，只是看到你們會更加心疼。不是不想來看你們，而是不忍心看到你們。但是我答應你們，以後我會叫你們的父母常來看你們的，給你們的墳墓割荒草，在你們的墳墓前擺上水果，點上香。好嗎？」

爺爺環顧四周，用理解的語氣說：「你看，這裡到處是荒草，也沒有任何的祭品，難怪你們要鬧呢。但是你們害人就有人來嗎？他們只會更加討厭你們。你們回去吧，我和這裡的各位叔叔伯伯保證，明天這裡就會沒有荒草，就會送來祭品給你們享用。」

爺爺聲情並茂，不時地嘆息，講的話合情合理也揪人心。

4

鬼火靜靜地聽爺爺的話，似乎還在猶豫。但是它們的火焰已經沒有先前那麼強烈了，似乎態度柔和了許多。

爺爺又說：「你們的這個夥伴，它害了馬屠夫好幾次了，我們報復它也是理所當然。但是我們辦好後馬屠夫還是會好好待它。它是馬屠夫的第一個兒子，埋葬它後馬屠夫沒有再來看它，這是他的錯，馬屠夫以後也會常來看它的。」馬屠夫連忙點頭表示同意爺爺的話。

鬼火這才慢慢熄滅。四周重新只剩一點點淡淡的月光。剛才一直蹲著不敢動的人都站起來活動筋骨，都誇爺爺剛剛說的話真是服人心，不，是服鬼心。

爺爺問馬屠夫：「你的第一個兒子原來埋在哪兒？」馬屠夫不好意思地乾笑，指著一個荒草淹沒的墳墓。

爺爺吩咐大家將那小墳墓挖開，抬出一個小小的木盒子。木盒子打開，裡面空無一物。我驚訝地問：「怎麼沒有屍體？」爺爺說：「剛剛打死的就是。」

大家要把腦袋破裂的小男孩放進木盒子，爺爺阻止道：「不能再用這個裝他了，把他頭朝下腳對天埋好。」馬屠夫問道：「倒著埋？不放到棺材裡行嗎？」

爺爺說：「只有這樣他才不會再來害你。」馬屠夫問：「為什麼要這樣？」

爺爺說：「古書上這麼說的，你要問我為什麼，我也不知道。」

爺爺說的話不假。我聽媽媽說過，爺爺年輕的時候就喜歡看一本殘破的古書。那書不知道爺爺從哪裡弄來的，媽媽也曾趁他不注意的時候找到那本殘破的古書來研究，還是不知道那是什麼書。因為書沒有封面，裡面的字很雜很亂，像小學生的計算本。後來我也問過爺爺有沒有那本書，爺爺說有。我欣喜地向他討要，想自己也學點捉鬼的技巧。爺爺去衣櫃翻了半天，終於找到一本書給我看。我一看，原來是《周易》，我懷疑爺爺騙我。爺爺卻肯定地說就是這本。到目前為止，我還是不知道爺爺有沒有騙我。後來很多次捉鬼的時候，我不明白他的行為就詢問，他總是說：「我也不知道為什麼這樣，古書上就是這麼寫的。」

我真是拿這樣詭異的爺爺沒有辦法。

大家按照他的吩咐，將小男孩頭朝下放在坑裡，用繫著紅布條的鋤頭挖土將他掩蓋。風變得寒冷，寒氣穿過濕透的衣服，冰涼涼地貼著皮膚。

我凍得瑟瑟發抖，很想快點回去鑽到暖和的被窩裡。我問爺爺：「這就差不多了吧，我們快點回去吧。」

爺爺說：「今晚也只能這樣了，但是這個事情還不算完。這個箢箕鬼的怨氣大得很，害死了馬屠夫幾個兒子了，這次它不會輕易就放過他的。」

我頓時汗毛豎起，心想完了，今晚不應該跟著爺爺來這裡捉鬼的。如果它記住了我的樣子，以後晚上來找我報復可怎麼辦？在爺爺旁邊還好，如果爺爺不在的時候，它來找我怎麼辦？這樣一想，我更加害怕，求助地看著爺爺說：「那怎麼辦？怎麼才算完？」

爺爺說：「對鬼要硬的軟的都來，要安撫它，也要讓它知道我們的厲害。讓它既沒有怨氣，又不敢再來侵犯。」

大家把爺爺交待的都完成了，擦擦汗，都拿詢問的眼神看爺爺。爺爺把滿是老繭的手一揮，說：「今晚就只能這樣了。大家回去睡覺吧。身上的鬼血要在太陽出來之前洗乾，不然做什麼事都晦氣。洗的時候不要用水，先用雞血洗一遍，再用黃酒擦乾淨。聽見沒有？」

大家都點頭。馬屠夫問：「用豬血洗可以嗎？」

爺爺生氣地罵道：「你這個小氣鬼！就知道貪便宜。兒子的墳上也不肯插兩根香，不肯擺兩個水果。說了要用雞血，換人血都不可以！」

馬屠夫尷尬地笑笑，搓著手不敢回言。

大家把馬屠夫當笑話說了一通，收拾東西一起往回走。四周寂靜，我不敢走在旁邊，拼命往人中間擠，連回頭看一看化鬼窩的勇氣都沒有。爺爺一聲不吭。其他幾個漢子大聲地說話，裝出自己不怕的模樣，說著一些不著邊際的話，沒有人認真說也沒有人認真聽。剛才被鬼火包圍的一幕還在心頭懸著。

我看見爺爺兀自掐了掐手指，口裡說著含糊不清的話。我正要問時，他突然轉過頭來對我說：「亮仔，你明天再陪我到這裡來一趟。」

我一聽，連忙搖頭，卻又不禁好奇地問：「來幹什麼？」

爺爺說：「我還得來做點重要的事。雖然它的頭打破了，也是倒著埋的，但是為了以防萬一，我明天還要來做點法事，把它釘死。」

馬屠夫和其他幾個人聽到，急切地問：「我們不用再做其他的了吧？」

爺爺說：「你們洗掉鬼血就好了。後面的事都交給我吧。但是馬屠夫……」

馬屠夫連忙回答：「在呢在呢，有什麼事？只要您交待我馬上做。」

爺爺說：「有是有事，但是不是馬上做的。」於是，爺爺這般這般給馬屠夫交待，要他如此如此做。馬屠夫不住地點頭。其他人聽了也覺得有理。

沿途回來，遠處的貓頭鷹還在叫。月亮被一片雲遮住了，但是月光從雲的邊沿透出來。大家都散了，只有我和爺爺踏著淡淡的影子走回家。我不住嘴地跟爺爺說話，生怕安靜下來。一安靜下來，就覺得背後有什麼跟著。

我問爺爺那個篼箕鬼為什麼要害馬屠夫。

爺爺告訴我，那是馬屠夫的第一個死去的兒子。那個兒子是患病死的，不像後面幾個兒子死去的莫名其妙。那個兒子死後，馬屠夫把他埋在化鬼窩以後再也沒有去看過他。他媳婦不久又生了一胎，馬屠夫就特別溺愛來之不易的第二個兒子，甚至去肉攤賣肉都抱著。也許是某次抱著兒子經過化鬼窩去肉攤的時候被他的第一個兒子看見了，於是覺得對它不公平，就起了害人的心思，一連害死了馬屠夫的三個兒子。但是馬屠夫不信邪，直到他親耳聽到兩個篼箕鬼的談話。

我倒有些同情起那個篼箕鬼來，但是一想起它的樣子就不敢閉上眼睛，生怕一睜開眼睛它就出現在面前。

5

回到家裡，爺爺從雞籠裡捉出一隻公雞。雞籠裡有四隻養了半年的土雞，牠們睡得很踏實，爺爺抓住其中一隻的時候其他的雞只咕咕哼了兩聲，表示對打擾牠們的睡眠不滿，然後又閉上眼睛睡了。那隻不幸被抓出來的公雞並不知道危險將至，不驚不叫，只是小小的腦袋轉來轉去地看，不知道主人為什麼在這個睡覺的時間把牠提出來。

爺爺用細繩捆住公雞的腳，從廚房拿出菜刀，在公雞的脖子上一拉。公雞還沒有叫出聲來，喉嚨裡的血就噴湧而出，被一個大瓷碗接住。公雞在爺爺的手裡不停地抽搐，雞爪憑空使勁兒抓了幾下，便軟了下來。爺爺將雞頭反過來包在翅膀裡。我不明白爺爺為什麼要將雞頭包在公雞的翅膀裡，就好像牠在用尖嘴在腋下撓癢。

爺爺說：「它正在過山呢。」

我問：「什麼過山？」

爺爺說：「它的靈魂過了山我們再燒開水拔毛。現在它的靈魂還沒有走過山去呢。靈魂走過了山就真正死了。」於是，我又浮想聯翩，眼前出現一隻公雞的靈魂飄飄盪盪地走過陰陽分界的山的情景。

爺爺說：「人死了要喝孟婆湯，要過奈何橋。畜生死了也要過山才到陰間。」他一邊說一邊拿著筷子在大瓷碗裡攪動，雞血隨著筷子旋轉成漩渦。「過來。」爺爺向我招手。

我走過去，爺爺撕下一塊抹布，蘸了雞血塗在我的手臂上。我的手臂上有黑色的血跡，是箢箕鬼的鬼血。爺爺在塗了雞血的地方用力地揉捏，要把鬼血搓下來，弄得我骨頭疼，幾乎掉下眼淚。爺爺說：「忍一下啊！如果不把它洗乾淨，你就會變呆變傻，將來成不了大學生。」話說我現在能好好地上大學，還要感謝爺爺那雙曾經力氣大到可以擰斷扁擔的手。

而他自己手上的鬼血沒有洗乾淨，以致後來他的手靜脈突起，像蚯蚓一樣彎彎曲曲，點菸的時候都有點哆嗦。

當時我抬起另一隻手，聞了聞濺落在手上的鬼血，比狗屎還要臭。我連打了三個噴嚏。爺爺笑了，說：「屎臭三分香，人臭無抵擋。」那鬼血確實比大糞還要臭。

用雞血洗了，又找來出去前沒有喝完的酒，再在手臂上擦了一陣，終於沒有臭味了。爺爺打了個呵欠說：「去睡吧，明天還有事呢。那箢箕鬼還要處理呢。」

那個晚上我沒有睡好，夢裡還隱隱約約聞到鬼血的臭味，總擔心剛才沒有洗乾淨。夜間幾次醒來，聽見爺爺在隔壁的木床上打響呼嚕，牆角的蟈蟈給他伴奏。那個第一次捉鬼的夜晚到現在還歷歷在目，記憶猶新。自從爺爺不再捉鬼後，我再也沒有聽到爺爺睡覺打呼嚕。

第二天爺爺叫我去化鬼窩的時候，我還賴在床上不願意起來。我迷迷糊糊地聽見爺爺的呼喚，懶懶地回答了繼續睡覺。爺爺把冰涼的手伸進我的被窩，在我的胳肢窩一捏，一陣被電擊般的麻酥酥的感覺傳遍全身，頓時我的睡意全消。

爺爺笑眯眯地看著驚奇的我，說：「你的魂魄昨晚可能出了竅，見了那些箢箕鬼逗起了玩心，所以早上起不來。」

我一驚，問：「我的魂魄走了嗎？」

爺爺說：「剛被我一捏就回來啦。活著的人的心臟可以牽住魂魄，心一死人的魂魄就會散了。你還小，魂魄也愛玩，難免有時候心也守不住魂魄。」

我說：「爺爺你怎麼知道的？」

爺爺說：「你是不是能聽見我說話，還能回答，就是身子動不了？」

我點頭。

爺爺笑著說：「這就對了。好了，起來吧，你還要幫我拿東西呢。」爺爺笑的時候臉上的皺紋擠到一起，笑容就分散在溝溝壑壑的皺紋裡，讓人覺得很舒服。

我們馬馬虎虎咽了幾口飯就出發。爺爺提了一小袋白米，肩上扛了一把開山斧。我幫爺爺抱了一把竹子。就這樣我們爺孫倆踏著霧水走向化鬼窩。

那天的霧很濃，伸手抓一把能捏出水來。能見度也不好，頂多能看到五米開外的東西，彷彿我們是走在米湯裡。路的兩頭都被濃濃的霧掩蓋，有種走在電視裡播放冥界的感覺。

沿著昨晚走過的路來到化鬼窩，四周一片可怕的寂靜。小小的墳墓像一個個被窩蓋著睡熟的人，只是被窩裡的人僵硬地一動不動。我選著墳墓與墳墓之間的排水小溝走，不敢踏到墳墓的邊沿，生怕驚醒了它們。

爺爺打開白米袋子，手抓了一把白米往空中一揚，口中喊出：「嘿咻！」

我記得這裡的死人出葬前也有法師抓一把白米往漆黑發亮的一頭大一頭小的棺材上撒。估計那是安慰亡靈的方式，我學著爺爺的樣子邊喊邊撒米。把袋子裡的米撒完，爺爺用開山斧將我帶來的竹子砍斷，削成釘子的模樣。

爺爺對著昨晚埋了那個篼箕鬼的墳墓說了聲：「對不住了。」便將十幾個竹釘圍著墳墓插上，再用開山斧一一敲進泥土裡。爺爺邊敲竹釘邊和篼箕鬼聊天似的說話：「不要怪我們狠心，只有釘住你不讓你出來了，馬屠夫的兒子才安全。你要有意見也沒有辦法，與其發脾氣還不如好好保佑他的兒子健康成長。等他的兒子到了十二歲過關的年齡，我們再來把這些竹釘抽走，讓你好好地去投胎做人。」

原來爺爺要將篼箕鬼釘死，不讓它再出來害人。就在爺爺釘最後一個竹釘的時候，突然起了一陣怪風，風在墳墓的周圍盤旋，發出呼呼聲，像急促的喘氣聲。墳墓上是新土，沒有草，但是四周的荒草被這陣怪風驚動，毫無規則地湧動，我和爺爺就彷彿站在枯黃色的波濤上。

爺爺使勁地敲最後一個竹釘，但是開山斧敲下去，竹釘反而升起來些，好像泥土下面有一股怪異的力量將竹釘頂起來，奮力抵抗竹釘的禁錮。

「媽的，它開始作怪了。亮仔，快過來幫爺爺。」爺爺緊張地說。

我驚異地問：「剛剛不還沒有事嗎，怎麼突然這樣了？」

爺爺說：「前面的竹釘還沒有形成完整的陣勢，它沒有發覺。這最後的竹釘一釘下去整個陣勢就開始形成禁錮了，它就會有知覺。它在下面抵抗我的竹釘呢。」

我扶著竹釘，讓它垂直於地面，爺爺好使出最大的力量敲打竹釘。

可還是不行。爺爺敲下去一點，準備再敲第二下的時候，那個竹釘就拼命往上竄，我的手根本按不住它。怪風仍在我們的周圍呼叫，似乎要嚇走這兩個禁錮它的人。也許是昨晚感受了爺爺的厲害，怪風只是在一旁發出怪叫，並不靠近我們。

6

我突然靈光一閃，說：「爺爺，這樣下去敲到晚上也不能敲進去。我們換個方法吧。」

爺爺有些體力不支，上氣不接下氣地問：「你能想出什麼辦法？」

我說：「最後一個竹釘才有禁錮作用，前面的竹釘暫時它感覺不到，對嗎？」

爺爺費力地說：「是。」

我說：「那我先拔出一個竹釘，然後我們一起敲。這樣它就分不清哪個是最後一個竹釘啦！」我為我的想法高興，就像上課回答了一個老師提出的難題一樣。

爺爺叉著腰調節呼吸，想了想，說：「我也不知道行不行。試試就知道了。」

於是我在墳墓的另一邊費了九牛二虎之力拔出一根竹釘，然後在墳墓的旁邊找到一塊大的雲母石，等待爺爺的指示。爺爺向我點點頭，我就看著爺爺的開山斧一起敲下雲母石。

沒想到這招果然管用，很輕易兩個竹釘都敲進了泥土裡。我和爺爺同時敲最後一下的時候，怪風突然弱了下來，銷聲匿跡。荒草靜止下來，安安靜靜地守護在墳墓的旁邊。

爺爺說：「我這個外孫真聰明啊，以後再捉鬼就帶著你啦。或許你的怪點子還能幫到我不少呢。這次看你的膽子也不小，不怕鬼。鬼就是這樣，你越怕它它就越欺負你。」

就是這次我的靈光一閃，使爺爺對我另眼相看，不再把我當作懦弱膽小的外孫，而是把我當作他捉鬼的小助手了。爺爺的這個轉變使我說不出地高興，剛才的一個小聰明也使我充滿自信。

可是我仍然對鬼有著天生的敬畏。

爺爺放下開山斧，圍著墳墓走了兩圈，察看竹釘的位置。我站在一旁看爺爺在濃濃的霧裡一絲不苟的樣子，心裡閃現出一個奇異的想法，爺爺現在就像在仙境裡走動的神仙，濃霧更是襯托了這個氛圍。此時看著他少了一些溫和，多了一分不可褻瀆的神聖。彷彿此時的爺爺不是平時對我溺愛的那個睡覺打響呼嚕的農民爺爺，而是身染仙氣擁有超常本領的神仙爺爺，跟我們初中⑦學校旁邊那個小廟裡的歪道士有幾分神似。當然我說的是神似，不是形似。歪道士住在香山寺，眼睛歪著，鼻子歪著，臉也歪著，走路的時候更是一歪一歪的讓人擔心他跌倒。歪道士看到我們學生去廟堂好奇地瞄來瞄去，便伸出髒兮

7. 初中：即為初級中學。舊制小學畢業後所升入的學校，修業期限為三年。現已改為國民中學，屬義務教育，但私立學校仍稱為「初級中學」。縮稱為「初中」。

兮的手摸我們的頭，騙我們說他摸過頭的學生都可以考上大學。後來我的確如願以償考上了大學，其他幾個也被摸過頭的夥伴現在失去了聯繫，不知道是不是也上大學了。

學校的老師要我們別去歪道士的廟裡，說歪道士之所以長相都歪著，是因為鬼氣太重。又說歪道士的廟裡藏了許多的鬼，都是他從外面收回來的，白天我們去了看不到，那些鬼只有晚上才出來找歪道士要這要那。

在學生眼裡，老師說的話比一般人要可信得多，所以我們再也沒有人敢去那個香山寺玩了。現在想來，不知道老師說的是真話還是故意嚇我們。

總之，當時的感覺真像歪道士附在了爺爺身上。那是一種很怪異的感覺，我發誓，在這之前我從來沒有覺得爺爺是另外一個人。

可就是這樣仔細地檢查了兩遍，爺爺還是遺漏了一個細節，這個細節在當時沒有造成什麼嚴重的問題，可是留下了後患，後來的事情就留在後來講。

就像爺爺對我說起這些鬼的時候顯得很無所謂，他說：「為什麼這些鬼早不來晚不來，偏偏在我活著的這幾十年裡來？為什麼這些鬼剛好碰到了看了古書的我？這些都是冥冥中安排好了的，到了時間它自然來了。」他在後來記起今天查了兩遍還是遺漏了細節，還是這樣解釋，說：「這個細節註定要被遺忘，不是我能控制的。」

我聽得懵懵懂懂，但是不得不同意爺爺的說法，畢竟要解釋也沒有更好的解釋。

爺爺說要走的時候，我還擔心地問了他，要不要再看看哪裡沒有釘好。我這樣問並不是說我早預料到以後會出問題，只是覺得這件事情我參與了，箢箕鬼就記得我，我十分害怕它早晚再找到我。爺爺說我膽子大，以後都要帶著我去捉鬼，其實我哪裡不怕？我只是裝作不怕罷了。可惜爺爺能揣度箢箕鬼的心思，勸說鬼火回去，但是不瞭解我的心思。

回到了家裡，我還不厭其煩地問爺爺，要不要再去那裡確定一下竹釘是不是保險。可見我當時確實害怕得很，只是爺爺以為我做事像個閨女一樣細心，說得我不好意思再提。

外面的霧大得離奇，我和爺爺在霧中的時候沒有覺得，回來脫下外衣才發現外衣濕淋淋的，彷彿淋了一場大雨。一擰就接了一臉盆的水。

霧散去，馬屠夫跟溫暖的陽光一起來到爺爺家。爺爺譏諷他說：「你這人就沒一點忍性，一點屁事就來回地跑。」

馬屠夫握住爺爺的手感激不盡地說：「岳雲哥呀，我得感謝你一輩子。」

「就為昨晚那點小事啊？」然後擺擺手說，「不值得這麼感謝。」

馬屠夫拉著爺爺的手用力地晃，說：「我說出來你們不相信。我昨晚一回來我媳婦就告訴我，我離開家裡不久，孩子就出現了短暫的窒息，臉色比紙還白，手腳軟得像沒了骨頭。我那沒用的媳婦以為兒子又死了，趴在兒子身上哭得死去活來。等我打死那�箕鬼回來，我媳婦抱著我哭訴。我兩腿立刻軟了，差點沒暈倒在地上。我和媳婦攙扶著去看兒子時，我那可愛的兒子竟然臉色紅潤起來，呼吸也慢慢明顯。我心想肯定是筄箕鬼被制伏了，我兒子才死裡逃生。」馬屠夫說得滿臉的淚水，哽咽不成聲。

爺爺撫著馬屠夫的背安慰：「只要沒有危險了就好，孩子還在就好。」

我在旁邊也挺自豪，為爺爺的及時挽救。

爺爺對馬屠夫說：「到了第七天晚上你要按照我說的去做，萬事就安心啦！」

7

第七天的晚上，馬屠夫按照爺爺的要求去了化鬼窩。那天晚上我和爺爺沒有去陪他，早早地上床睡覺了，但是我半夜的時候被爺爺的一句話吵醒。所以他去了化鬼窩做了些什麼我也不知道，但是根據後來馬屠夫自己的講述，我得以知道整個不平常的過程。這個過程也許混含了我個人的想像，但是這並不影響我在這裡告訴你們整個真實的過程。在後面的故事裡遇到類似的情況，我還是會以這樣的方式無一缺失地講述。

馬屠夫出門前，他的兒子突然燒得厲害，嘴唇死了一層皮，皺得像老人。馬屠夫的媳婦拉住他哀求說：「你就先別去拜鬼了吧，把孩子送到醫院去要緊。他實在燒得太厲害啦，我一輩子都沒有這麼燒過。」

馬屠夫看看已經迷糊不清的兒子，咬咬牙說：「你用熱毛巾敷敷他的額頭，好好照顧他。我今晚必須去那裡，這是岳雲哥說的。要不是岳雲哥，這個孩子前幾天也就死了。」

馬屠夫的媳婦一把眼淚一把鼻涕地送馬屠夫出門。馬屠夫提了個竹籃子踏著蒼茫的夜色出來，走在只剩下抽象的白條的路上，籃子裡裝了水果、糖果、冥紙和香。

他來到第一個兒子的墳墓前，放下籃子，點了香插上，將帶來的水果糖果擺上，就開始一邊燒紙一邊說話：「兒子啊，爹知道對不住你，不應該讓你一個人孤零零地埋在這荒山冷坳。想想爹也狠心，你病死後我一次也沒有來看你。爹知道錯了，請你不要怨恨爹。」

這時微風捲起他燒的紙灰，發出輕微的空氣流動聲，似乎在回應他說的話。

又燃上幾張冥紙，他接著說：「爹知道你是怕爹有了新的兒子，忘記這裡還有你。所以處處跟爹作對，不讓爹有新的兒子。爹都不怪你。以後逢年過節我都會來看你。」

微風翻動馬屠夫燒的冥紙，發出類似小孩哭泣的「嗚嗚嗚」聲。

而在此同時，馬屠夫的媳婦在家裡忙得不可開交。兒子的額頭燙手得很，氣息急促，手足不安地亂抓。她聽見衣櫃裡「窸窣」地響，像是老鼠在裡面撥動衣服。她給兒子換了一塊熱毛巾，躡手躡腳地走到衣櫃旁邊。她輕輕將手按在衣櫃的門把上，突然用力將衣櫃門拉開。

衣櫃裡除了日常用的衣服什麼也沒有。馬屠夫的媳婦用兒子額頭上換下來的毛巾擦臉，心裡暗說自己是不是太敏感了。她在倒熱水泡毛巾的時候，又聽到衣櫃裡「窸窣」的聲音。她停下手中的動作，側耳細細地聽了半分鐘。沒有錯！不是幻覺！衣櫃裡確實有聲音。難道是老鼠爬進了？這個衣櫃用了幾年了也沒見老鼠能爬進去呀！

她看看兒子，每當衣櫃裡的聲音比較響時，她兒子的手足就抖得比剛才要明顯。顯然兒子的病跟衣櫃裡的聲響有著說不清的聯繫。

她再一次悄悄走到衣櫃旁邊，生怕驚跑了衣櫃裡的東西。她的手哆哆嗦嗦，額頭和鼻子滲出細密的汗珠。她心裡怕得要命，但是一個母親為了兒子的安全是什麼都不畏懼的。如果在平時，她早嚇得躲到馬屠夫的懷抱裡去了。可是現在馬屠夫不在家裡。

她猛地拉開衣櫃，看了看，什麼也沒有，用手摸了摸，也沒有摸到異常的東西。「窸窣」的聲音也消失了。她乾脆拿來一把椅子坐在衣櫃前面，眼睛死死盯住衣櫃裡面的衣服。她知道只有這樣，她的兒子才會舒服點。就這樣對著暗紅的衣櫃，她一直坐到了第二天天明。

馬屠夫燒完紙，起身準備回去。當他轉過身要走時，腳底絆到糾結在一起的荒草，一下失去重心摔倒了。

馬屠夫站起來，拍拍身上的泥土，再抬腳的時候發現腳被荒草死死纏住，移動不了分毫。一陣風吹來，墳頭的香端更加亮了，在黑夜裡像凝視發亮的眼睛。馬屠夫明白了這個兒子的意思，重重嘆口氣，點頭說：「好吧，今晚你挽留我不想我走，我就留下來陪你。」說完一屁股坐下。

他一坐下來，腳下的荒草就自然地散開了，重新在風中搖曳。

畢竟夜深了，天氣也比較寒冷。馬屠夫坐了一會兒便渾身發抖，冷得骨頭嘎嘎響。他打了個噴嚏。奇怪了，不想這個噴嚏一打，頓時感覺身上暖和了不少。馬屠夫自己也覺得奇怪，以為風停了。他一看旁邊的草，果然靜止了，原來風真停了。他心裡高興，真是感謝老天爺照顧。可是仔細一看稍遠處，那邊的草還像浪水一樣此起彼伏呢。

原來就他這一塊沒有風。他覺得不可思議，以為是兒子的墳墓擋住了風。可是風是從自己這邊吹向墳墓的。最後他看了看兒子的墳墓，說：「兒子啊，原來你還心疼爹怕冷哦。看我這個沒良心的爹哪裡對得住你喲……」說完趴在墳頭「嗚嗚」地哭起來。

就在那個晚上，我在爺爺的隔壁房間突然聽到爺爺說：「馬屠夫呀，你哭什麼喲！」我驚訝不已。馬屠夫不是去了化鬼窩燒紙嗎，爺爺怎麼在家裡叫他不要哭呢？我豎起耳朵想還聽聽爺爺說什麼，可是接下來只聽到了爺爺打呼嚕的聲音。

第二天清晨，早起的鳥兒叫醒了趴在墳頭睡了一晚的馬屠夫。馬屠夫拖著疲憊的雙腿回到家裡，馬屠夫的媳婦一看到丈夫回來便再也支撐不住了從椅子上滑落下來。

馬屠夫心急火燎地跑過去扶妻子到床上，又去看額頭還蓋著毛巾的兒子。

兒子活蹦亂跳的，在馬屠夫抱起他的時候露出一個詭異的笑容……

他奇怪妻子怎麼對著衣櫃坐了一夜。妻子心驚膽顫地跟他說了昨晚的怪事。他便將衣櫃裡的衣服全都翻出來，一件一件地抖開。當他翻到衣櫃的最底層的時候，一件小孩子的鮮豔的衣服映入眼簾。他們不可能不記得，這件衣服是生第一個兒子時預備的小衣服。

在第一個兒子死後，這件衣服就一直遺忘在衣櫃的最底層，再也沒有拿出來過。但是這件衣服沒有褪色沒有發霉，還是和剛買來的時候一樣鮮豔，鮮豔得有些刺眼……

他的故事講完了，我們還在一片沉默之中。

過了許久，我才回過神來，詢問道：「講完了？」

他點點頭：「是的。講完了。」

這故事其實並不是一個單純的離奇故事，在我離開大學之後的幾年裡，這個故事一直提醒著我：做人不能喜新厭舊，特別是情感方面。

我們幾個聽眾迫不及待地要求他再講一個。

他伸手指著牆壁上的時鐘，說：「等到下一次零點的時候再講吧。」

水鬼爸爸

8

終於到了第二天的晚上零點零分，三個指針合在了一起。這就意味著，他的故事可以開始了。

他搬來我們宿舍的第二個夜晚，是我們一生中最難等待的漫漫長夜。

「可以開始了嗎？」我焦急地問道。今天的專業課都沒有心思聽，老想著昨晚他講的那個被父親遺忘的小孩子。

其他人都坐好了，目光聚集在這個宿舍新成員的身上。

「嗯。」他慢條斯理地點點頭，瞥了一眼時鐘，「這次，我要講的也是一個父親和一個兒子的事情。」

故事，接著昨晚的結尾開始……

篼箕鬼的事情就這麼暫時過去了。我也回到家裡，因為學校裡還有課要上。雖然我人在課堂上，可是心卻跑到九霄雲外，總盼著再一次跟爺爺去捉鬼。沒想到的是我的願望很快就實現了，爺爺竟親自到我們家來了。原來是又有人找爺爺捉鬼，並且那人是我們一個村裡的，所以爺爺為了方便就到我們家來住一段時間。

來找爺爺的人是我的「同年爸爸」山爹。叫他「同年爸爸」是因為他的兒子跟我同年同月同日出生，在常山村這麼巴掌塊大小的地方碰得這麼巧的事情很少發生，於是兩家之間都覺得比別人要多一分親熱。這也是我們這裡一帶人的風俗，無可厚非。我雖然不願意，卻不得不服從地叫他一聲「同年爸爸」。

山爹為什麼要找爺爺呢？這個事情還得從去年說起——那時山爹的兒子還沒有被水鬼拖走。

那是去年的暑假，山爹的兒子兵兵和幾個同村的玩伴在荷花塘游泳。跟這幾個小孩子在一起的還有山爹養了五年的老水牛。山爹早就想換一頭年輕力壯的水牛了，畢竟家裡的幾畝田不能荒了。老牛沒有人要，山爹就想殺了老水牛賣肉賺點換條小水牛的本錢，可是山爹拿著塑膠繩還沒有綁上老水牛，老水牛的眼眶裡就盈滿了淚水，大顆大顆地掉落下來，牠預先知道這個做了牠五年主人的人要殺牠了。山爹一看耕田的老夥伴流淚，又不忍心殺牠了。山爹的女人勸了他幾次，山爹說：「再用牠幾年吧，雖然耕田慢了點，但是這麼多年也有了感情。」

老水牛是有靈性的，山爹的兒子乒乒要下水的時候，老水牛強著鼻子不肯下塘。如果換在平時，老水牛一定會跑在乒乒前面下水，把漆黑的嘴巴浸在水裡「嘶啦嘶啦」地喝個夠。沒辦法，乒乒只好叫上他的夥伴一起來拉老水牛，轠繩把水牛的鼻子都拉出了血，但老水牛仍是不聽話，牛蹄子用力地打地，將荷花塘堤上的泥打落了一大塊。

「不喝就不喝！」乒乒生氣地甩下轠繩，把牛丟在岸上，自己和一幫貪玩的小夥伴紛紛擺出各種飛騰的姿勢跳進水裡。

燕燕是女孩子，不像野小子一樣在村裡的池塘游泳，嘟囔著小嘴嚇唬他們：「我聽四姥姥說過，牛眼睛是可以看見鬼的，你們小心給水鬼拖走做替身了。」

兵兵淘氣地說：「要拖也是拖妳呀，妳長得好看，拖下去做水鬼的媳婦，哈哈！」其他幾個夥伴聽燕燕提到水鬼，怯怯地不敢下水，又聽兵兵一說，哄笑一片，放心地跳進水裡。

男孩子們都跳進了荷花塘裡，歡快的笑聲打鬥聲頓時使這個燥熱的夏天清涼起來。

正在男孩子們鬧得愉快時，岸上觀看的燕燕忽然指著荷花塘的另一岸大叫：「那邊荷花裡有東西動！」

荷花塘的南面是洗衣的水泥臺階，碧波蕩漾，北面卻是一片茂密的荷花荷葉亭亭玉立。南北兩岸相隔不過五十米。男孩子們都順著燕燕指的方向朝荷花塘的北面望去，長著長杆的荷葉和荷花劇烈地抖動，彷彿一條大魚在水下急速地穿梭，慌忙中撞到了浸在水下的荷葉杆，發出「沙沙」的聲響。

幾個膽小的孩子立即爬上岸，嚇得哇哇直叫。乒乒和另外幾個稍大的孩子呆立水中，眼睛直直地盯著荷葉那邊。

荷葉那邊的水被什麼東西攪動得「嘩嘩」響，片刻又安靜下來。大家都瞪著眼看著水波蕩漾開來的地方，呼吸都不敢大聲。稍等一會兒，見沒有動靜了，乒乒哈哈大笑：「你們怕什麼呀？是大魚呢。」

其他幾個年齡稍大的孩子為了在夥伴面前表示自己不怕，也跟著笑起來，附和著說：「是呀，是大魚呢。我們去把大魚捉上來吧！」這個提議得到了少數幾個人的呼應，其餘的小孩子仍是不敢再下水。

燕燕怯怯地說：「我看你們還是上來吧，我看見長長的黑毛了，恐怕不是魚。」

乒乒譏笑燕燕膽小：「還看見長長的黑毛了？水裡哪有長長毛的東西啊！嚇暈了看花了眼吧。」他邊說邊撐開雙手划水，向池塘中間游去。三兩個大孩子跟著游過去。

燕燕說：「只怕是水鬼。我聽大人說水鬼是有長長的毛的。水鬼在岸上沒有力氣，在水裡力氣比牛都大呢，三四個大人都不是它的對手！」

燕燕的話還沒有說完，果然荷葉那邊又響起「嘩嘩」的水聲。一個黑漆漆的東西游出荷葉的遮蓋，向乒乓他們這邊來了，水下是什麼形狀看不清楚，水面漂著長長的如同水藻的黑毛，彷彿一個女人在潛水！

乒乓大聲尖叫，想回頭已經慢了。他後面的幾個人臉色都紫了，拼了命地划動雙臂朝岸上衝刺。頓時水花打成一片。

只見長長的黑毛迅速衝向乒乓，帶起巨大的波浪。那些長毛捲住乒乓划水的雙臂，乒乓身體一沉，努力掙扎著想冒出水面，而他口裡的呼救還沒來得及喊出來，又被拖下去。

岸上的人始終看不清水下的長毛到底是什麼東西，只能大聲哭叫呼喊救人。路過的人聽見呼救，連忙跑過來，可是乒乓再也沒有浮起來。兩個中年漢子急忙脫了外衣跳下水，在兵兵沉沒的地方摸了半天，也沒有碰到有重量的東西。他們又擴大了搜索範圍，還是一無所獲。而此時的荷花塘裡，除了他們兩個中年漢子弄出的水波，再也沒有其他的異常。

這時，岸上的水牛撒開四個蹄子奔跑起來，在一處停住「哞哞」地呼喚。眾人以為牠發現了兵兵，都跑過去。兩個中年漢子在水牛站立的下方來來回回摸了幾遍，還是不見兵兵的蹤影。中年漢子剛要離開，老水牛立即「哞哞」地呼喚得更兇。大家都說：「老水牛肯定知道些什麼。剛剛水鬼還沒有出來牠就預感到了，只是沒有人聽懂牠的意思。」

兩個中年漢子只好又在原地潛下水去尋找。岸上又有幾個人跳下水，再不把兵兵救起來就來不及了。

水裡的幾個人潛水摸了一陣，還是沒有找到兵兵。老水牛仍舊哞哞不已。其中有個人腳在塘底碰到了硬物，眼前一亮，說：「我知道老水牛在說什麼了！老水牛經常在這裡喝水，知道這裡有個水樁。抽掉水樁就可以讓池塘裡的水流走，池塘沒有水了不就可以找到乒乒了嗎？」

9

說做就做，幾個人扒開水底的淤泥，將腐朽的水樁拔起來，水面立即形成了一個飯桌大小的漩渦，水「哆囉囉」地從暗藏的水道流到下游的水田裡去。老水牛終於不叫了，果然是通人性的動物。

池塘不是很深，水很快就流盡了，水池底部的淤泥露出來。眾人傻眼了！乒乒仍不見蹤跡。難道被水鬼吃了不成？除了一些銀亮的鰱魚、鯉魚，跳騰的小魚小蝦，淤泥裡再無他物，更別說長著黑色長毛的東西了。難道從水道裡流走了不成？可是水道半尺高半尺寬，根本容不下一個人。眾人把每一片荷葉都掀起來看了，還是沒有兵兵的影子。

山爹夫婦悲痛欲絕，呼天搶地，可是再也喚不回來可愛的兒子。兵兵的母親哭得昏死過去了幾次，旁邊人馬上給她掐人中才救下一條氣若遊絲的命。眾人勸山爹堅強點，畢竟女人的身子弱很多，還需要山爹的照顧和安慰。

一開始，山爹並沒有來請爺爺，因為兵兵已經死了，叫來爺爺也不能讓他起死回生。

人們都說是水鬼拉走兵兵做了替身，現在兵兵成為荷花塘裡新的水鬼，就叫家裡的小孩別在荷花塘玩耍，小心被拉走做替身。從此在荷花塘游泳的人就絕跡了，洗衣服的婦女也是從池塘裡提了水到家裡洗。據爺爺說，水鬼和其他的鬼是不一樣的，水鬼必須找到新的溺死的人做了替身才能重新投胎。有的水鬼等不及，看見水裡游泳的、水邊路過的逮準機會拉住腳，拼命往水深處拖。水鬼在岸上軟弱如嬰兒，但是在水裡力大無窮，一旦被拉住就沒有活路。

怪事就此開始了……

早起的婦女在提水的時候聽到荷花塘北岸發出「嚶嚶」的哭聲，令人毛骨悚然。又有人說夜晚睡覺也聽見類似的哭聲，甚是淒厲陰森。

山爹媳婦聽到這些似真似假的傳聞後，天天躲在家裡哭，不過一個星期就瘦成一把骨頭，從此幾乎不出門，所有要出門做的事情全由山爹處理。

有人偷偷從窗戶看到早上起來梳頭髮的山爹媳婦，說她的腦袋消瘦得像個骷髏頭，薄薄枯黃的一層皮鋪在嶙峋的瘦骨上，雙手如雞爪細而尖。她眼裡還是不停地流眼淚，不過那眼淚是濁黃的，像泥水一樣骯髒。頭髮掉了大半，梳子梳理的時候，梳子的空隙間捲了很多斷掉的頭髮。山爹媳婦發現有人偷看她，轉眼來看這個人的時候，嚇得他差點兒尿了褲子。

她那雙眼睛因為過多地流淚，深陷進深坑似的眼眶，像乾枯了的桂圓放在桂圓的殼裡。她看你一眼，你就覺得浸身在寒冷的地井裡，渾身冰涼刺骨！

突然有一天晚上，村裡的人聽見山爹家裡傳出來哀嚎和家具碰撞的聲音。附近的好心人起來敲山爹家的門。山爹在屋裡回答：「沒有事，吵到你們了對不起啊！只是我媳婦鬧著要去給兵兵做替身……」這時，山爹媳婦的嘴好像被有力的捂住了，只發出含糊不清的嘶叫。眾人在窗下又好好勸說了一番。

正在此時，荷花塘那邊似乎聽到了山爹媳婦的嘶叫，似有似無的淒厲的哭聲從遠處傳來，時高時低。

大家相互一說，都是這樣的感覺。窗下有人說：「哎，還真是喲。他又開始哭了。」

這話不說則已，一說被屋裡的山爹媳婦聽見了。突然，門「蹦」的被撞開了，山爹媳婦從屋裡奔出來，像頭受驚的鹿。山爹在地上緊緊抓著她的腳，但是他媳婦一時間力氣異常地大，拖著地上的山爹朝荷花塘那邊跑。山爹媳婦果然像那個看過她的人所描述的那樣，乾瘦的幾乎只剩一個骷髏。

旁人見狀一驚，不知所措。山爹在地上大喊：「快！快抓住她，她要跳到荷花塘裡去呢！快幫我攔住她！她不想活啦！」眾人醒悟過來，馬上撲向山爹媳婦。

可是山爹媳婦不像平時那樣手無縛雞之力，現在的她發了瘋似的衝向荷花塘，要跳下去給哭泣的兒子做替身。幾個撲上去的鄰人居然都被她力大無窮的手掀倒，摔出幾米遠。她的鞋子被掙脫了，兩隻青色的鞋子被她狂奔的腳慣性帶起，像兩隻驚慌逃跑的蝙蝠飛在夜幕中。

等其他人再爬起來，光著腳的山爹媳婦已經消失在蒼茫的夜色中，她消失的速度如此之快，令在場的人都瞠目結舌。眾人驚愕之餘連忙爬起來追趕。從山爹家到荷花塘有半里的石子路，如果是白天貪玩的孩子們光著腳從這裡經過，都要挑挑揀揀地選沒有石頭的空隙走，不然很容易就劃破了腳板。可是她跑得飛快，待眾人追來，只看見她兔子一樣邊蹦邊跑的虛幻背影。

等眾人來到荷花塘附近，山爹媳婦已經站在池塘的岸堤上了。她直直地站在水邊，兩眼望著北邊的荷葉叢，幽幽的哭聲正是從那裡傳出來的。眾人停下腳步，不敢再靠近，生怕驚動她。

荷葉叢中似乎有東西看到了對岸的人，哭聲漸漸變小，最後成為小聲的抽泣。誰也不知道那裡面躲著什麼東西。但是人多膽子大，眾人放慢放輕腳步，悄悄靠近山爹媳婦，想趁她沉思之際在背後拽住她。

池塘裡的水在蒼白的月光照耀下波光粼粼，像無數條魚鱗閃亮的死魚漂浮在水面上。微風中還有淡淡的魚腥味。山爹媳婦像一個沒有靈魂的稻草人。月光打在她慘白的顴骨凸出的臉上，讓人覺得她渾身散發著一種死人的寒氣，彷彿是從棺材裡逃出來的死屍。

10

就在最前面的人已經很靠近山爹媳婦，伸出手即將拉住她的時候，她縱身跳進了荷花塘，激起的浪花打濕了試圖拉她的那幾個人！山爹終於忍不住發出痛苦的一聲：「啊——」

荷花塘的北岸突然發出「嘩嘩」的水聲，似乎一隻水鳥在水面撲打，那聲響迅速從荷葉叢中跑出來，接近落水的山爹媳婦。粼粼的波光被一個從荷葉叢裡衝出來的東西劃破，如同一把剪刀劃破布塊。突然水下出現水藻一般的長毛髮，死死地纏繞住山爹媳婦，不停地翻滾。山爹媳婦發出不斷的咳嗽聲，正在大口大口地咽下池塘裡的水。

山爹雙手求饒，對著長毛髮跪下來，痛苦地哀嚎：「兵兵，你不能害你媽媽呀！她是你媽媽呀！」

岸上的幾個人把衣服一脫，撲通撲通跳進荷花塘。有兩個人抓住了山爹媳婦的腳，可是怎麼也拉不住下沉的勢頭。由於水的浮力，本來在水中拉人應該很輕易，但是此時兩個年輕力壯的男人也拉不住她。很快，山爹媳婦只剩衣服漂浮在水面了，兩個男人被帶著嗆了一口水，止不住地咳嗽起來。

其他人立即潛下水救人。折騰了一會兒，他們只救回了搶先跳水的兩個人，山爹媳婦已經不見了。各人都知道山爹媳婦像乒乓一樣不可能找到了，但是為了安慰岸上狠狠捶地的山爹，他們只得接著在水中攪來攪去……

就這樣，山爹變成了孤零零的一個人，不，還有那條老水牛。

從那時候起，我怕見到山爹，怕他要我叫他「同年爸爸」。因為我的夥伴們都說他是水鬼的爸爸。他看我的眼神變得捉摸不定，不知道他是在看我還是在幻想著看他的兒子。每次放學如果在路上碰到他放牛，我就拼命地跑。他往往剛剛向我擺手，我就已經跑得沒影了。我有幾次回過頭來看他，他無奈地把伸出的手一甩，邊嘆氣邊搖頭。

從此，荷花塘那裡就更沒有人敢去了。誰都隱隱覺得山爹媳婦在水邊靜候人的到來，伺機拉下替身。雖然那邊再也沒有人說在夜裡聽到哭聲，但是老輩的人都說這樣的水鬼更加機靈，知道哭聲會嚇走路過的人，故意靜悄悄地引誘人過去。

過了很多天，荷花塘裡浮起了一具屍體，面朝下。不用說，這是山爹媳婦的屍體。山爹用竹竿將她打撈上來。她的皮膚鼓脹著，皮膚變得薄而透明，透過皮膚可以看見綠色的髒水在裡面湧動。用棍子一捅，脆弱的皮膚就破一個洞，裡面綠色的髒水就噴射出來，臭不可聞。她在跳下去之前是枯柴一樣乾瘦，現在卻胖得像過年的豬。

山爹用裝過農用化肥的塑膠袋將她裝起來，背到常山後面的將軍坡埋了。

後來我問爺爺，為什麼兵兵的屍體沒有找到，山爹媳婦的屍體卻自己浮起來了？爺爺說，當初放乾了池塘的水去捉水鬼，當然找不到，不然水鬼自己也會被找到。所以水鬼有意隱藏了自己和兵兵的屍體。這個山爹媳婦就不同了，她是自己願意做兒子替身的，死了可能還想有個葬身的地方，所以把自己的屍體送回來。我當時想，難道水鬼是像鯉魚一樣可以潛在池塘的淤泥裡面從而讓人發現不了？我這樣問爺爺，爺爺笑而不語。

如果不是發生後面的事情，山爹自然是不會來找爺爺幫忙的。

後面的事情是這樣的。村裡四姥姥家來了兩個城裡的外孫，他們倆都不知道荷花塘的事情。他們看到荷花塘北岸長了幾個成熟的蓮子，不禁垂涎三尺。不過他們不會游泳，所以不敢下水去摘。於是他們倆找來一根長棍，想用棍子將池中的蓮子撥到近前再摘。

這時，他們倆中的一個看見荷葉驚動，便趴下身子探看：「看，那邊有一個黑糊糊的東西，長著長長的毛呢。」另一個也趴下來看，果然一團長著長長的黑毛的東西漂盪在清澈的水裡，黑毛有一隻手臂那麼長，都像蚯蚓那樣扭動。

「哥哥，那是什麼？」年紀較小的問。

「弄上來不就知道了？」哥哥說。

於是弟弟拉住哥哥的手，哥哥傾斜著身子努力地伸著手裡的棍子去捅那東西。那東西像皮球一樣蕩漾了一下，向哥哥這邊漂近來些。哥哥放下棍子，趴在地上用手去抓那黑長的毛。弟弟馬上喊：「不要抓！」

哥哥狐疑地回頭來看弟弟，說：「怎麼不抓了？」手在離水面不到一分米的距離。黑長的毛悄悄地抖動。

「那個東西髒，用棍子撥上來更好。」弟弟認真地說。

哥哥一想也對，於是站起來。黑長的毛停止了抖動。

哥哥拾起棍子，朝那東西捅去，污水立刻從黑長的毛中間流出來，像墨魚吐墨水。

哥哥提起棍子，將那東西移到岸上。兩個孩子蹲下仔細地看，原來黑長的毛中間還有皮球大小的身體，污水正是從被棍子捅傷的地方流出來的。圓形的傷口一張一縮，似乎很痛。

「咦？怎麼沒有頭沒有手腳呢？」弟弟好奇地左看右看，「這是什麼動物啊？」

哥哥用棍子將那東西撥翻過來，還是圓球一樣的身體：「我也不知道。」

「我看不好玩，弄回水裡去算了。」弟弟失望地說。

「嘿嘿，看我來踢足球。」哥哥站起來提起腳對著那東西就要踢。這時，四姥姥嚴厲的聲音從身後響起：「不要踢它！那是水鬼！」

但是，哥哥的腳已經踢出去來不及收回了。那東西隨著哥哥的腳飛起來。黑長的毛捲住了他的腳！

哥哥站立不住，被那東西拽倒，一下子滑下岸堤。弟弟嚇得臉色煞白！哥哥驚叫一聲，雙手憑空亂抓。也許是哥哥剛剛被四姥姥的聲音驚了，腳沒有使出全部的力氣，哥哥沒有全部掉進水裡，他的雙手扒住了岸堤的野草。他嚇得拼命叫喊：「奶奶救命，奶奶救命！」弟弟馬上跑過去死死拉住哥哥的手，使出吃奶的勁兒。可是他們怎麼敵得過掉進水裡的水鬼？弟弟也隨著哥哥向荷花塘裡滑。此時，四姥姥端著一個瓷碗顫顫巍巍地追過來。

四姥姥大怒，將手裡的瓷碗向拖住孫子腳的那團黑毛砸去。瓷碗沒有打中，但是裡面的雞血都濺出來，將周圍染得鮮紅。雞血濺到黑毛的地方「哧哧」的冒煙，像熾紅的鐵丟進水裡。那東西雖然疼得打轉，但就是不鬆開小孩的腳。

原來四姥姥見兩個孫子遲遲沒有回來，便四處尋找，後來看見他們倆在荷花塘旁邊打撈東西，又聽到他們的談話，知道是水鬼在引誘她的孫子。聰明的四姥姥記起為了迎接城裡來的孫子剛好殺了一隻雞，便立刻悄悄回屋裡端出一碗雞血，等水鬼露面的時候潑到水鬼身上。要說這四姥姥可不簡單，為什麼？後面再說。

四姥姥見水鬼忍著劇痛還拖著孫子的腳，情急之下也跳進水裡，抓住黑色的毛用力拔，邊拔邊破口大罵：「你這個要死的，自己孩子死了還要害人家的孩子是吧？自己的孩子死了心疼，人家的孩子死了你就高興！你這個畜生，你這個遭天殺的！」她的兩瓣皺皺的嘴唇不停地翻動，骯髒的罵法不間斷地詛咒水鬼。

要說四姥姥的罵人功夫確實了得。以前有一次她家的雞被人家偷了，她又查不出來是誰偷了，便用最直接簡單的方法——端一把椅子坐在人來人往的村頭不間斷地用最惡毒的語言罵了整整一個上午。後來那個偷了雞的人憋紅了臉主動找到她要賠錢給她。而四姥姥的嘴巴腫得豬泡似的，過了三天才消。

還有一次，半夜的時候，四姥姥附近已經睡下的人聽見她在屋外精神抖擻地、抑揚頓挫地、花樣百出地罵了兩個鐘頭。第二天，人家去她家問昨晚為什麼不停地叫罵。她說她昨晚起來小解遇了邪。因為農村的廁所一般都是單獨建，她要出睡房的門經過屋簷下走到廁所去。可是廁所門口一個鬼影子堵在那裡，一動不動。於是四姥姥用獅子吼的力量來對著那個鬼影子罵。她說鬼最怕惡人，你罵得越兇它就越不敢招惹你。她怕轉過身的時候鬼趁機從背後耍手段，便面對著鬼影子不停地咒罵。

開始那個鬼影子無動於衷，與四姥姥僵持。四姥姥狠下心，你不走我就罵到天亮。惡毒的咒罵堅持兩個小時後，那鬼影子終於退縮了，慢慢地移開了廁所門。

我聽了四姥姥的經歷後，覺得爺爺的某方面對付鬼的方式也和這差不多。比如將箢箕鬼的腦袋打破，然後倒立著埋進土裡，就是用最粗暴的方式嚇唬它不敢亂來。

還有一點差點忘了，四姥姥是常山村守護土地廟的人。

四姥姥就這樣用經常端著土地公公牌位的手，使勁地拔水鬼的長毛。水鬼被四姥姥這麼一拔，疼得吱呀吱呀地叫，像被老鼠夾夾住的老鼠。後來，水鬼終於擰不過四姥姥，放開小孩的腳，逃回水底縮回茂密的荷葉叢去了。

四姥姥顧不上去追趕水鬼，趕忙推著小孩，將他送到岸堤上。再一看孩子的腳，青腫青腫的，彷彿被重物砸傷了。孩子疼得牙齒相碰，但是由於過度的驚恐卻哭不出來。

四姥姥自己爬上岸，抱住孫子安慰道：「好了好了，水鬼被奶奶趕走了，不怕了不怕了。」這時，孩子才「哇」的一聲哭出來。

弟弟問：「奶奶，水鬼怎麼不拖你下水啊？」

四姥姥摸摸孩子的頭髮說：「奶奶的手經常接觸土地公公的牌位，是可以避邪的。它不敢動奶奶一根毫毛。」說完望向荷葉叢，那裡的波浪已經平靜了。

四姥姥二話不說，背著腳腫的孩子去找山爹。山爹馬上又是鞠躬又是道歉。四姥姥不依不饒，說：「我的孫子是搶過來了，可是村裡別人的孩子如果又被水鬼逮到怎麼辦？」

於是，山爹來找爺爺捉鬼。爺爺剛將田地裡的莊稼都收到屋裡了，便一口答應了山爹。山爹買了一條好菸送給爺爺，爺爺推掉說：「我的孫子也在你們村，我這樣做也是為了我孫子的安全呢。怎麼好收你的東西。再說，你也挺不容易的……」

這樣一說，山爹的眼淚就從眼角流了出來，握著爺爺的手泣不成聲。

爺爺來到我們家住下，山爹本來打算讓爺爺立即動身捉鬼。但爺爺掐著手指算了算，說：「這兩天要下雨，恐怕不利於捉水鬼，等天晴吧。」

山爹問：「什麼時候會下雨？要等幾天啊？」

爺爺說：「明天早上開始下雨的話，晚上就會停。要是明天中午才開始下的話，恐怕這個雨要下個四五天。」

我不知道爺爺那本沒有封面的古書除了告訴捉鬼的方法，是不是還告訴預測天氣的方法。反正爺爺說得這麼清楚，讓山爹不能不信服。

第二天早上沒有下雨，中午才開始淅淅瀝瀝地下著小雨。爺爺伸手接了一些雨水，放在鼻子前聞聞，說：「有一股臊味。」

我聽了也接了一些雨水，卻怎麼也聞不出爺爺所說的臊味來。

雖然爺爺說了下雨不適宜捉水鬼，山爹還是穿著厚厚的雨鞋來了。山爹固執地問：「今天可以動手了嗎？」爺爺搖頭。

但是爺爺叫我拿把雨傘，我問：「不出去拿雨傘幹什麼？」

爺爺說：「走，我們去荷花塘那邊看看。」

於是我們三人一起踏著泥濘走到荷花塘旁邊。爺爺圍著荷花塘走了一圈，說：「這個水鬼的怨氣太大，恐怕我一個人收拾不了，叫個道士來幫忙吧。我加上一個道士才可能收服它。」爺爺一說我就想起了學校旁邊的歪道士。在學校清潔環境的老大媽說過，她經常聽見歪道士的破廟裡有吵鬧的聲音，似乎有很多人聚集在那個小小的破廟裡，可是從來都只看見歪道士一個人進出。我猜測歪道士是不是在破廟裡收了許多的鬼。

當然爺爺根本不認識歪道士。

就在爺爺跟山爹討論從哪裡找個道士來的時候，荷花塘的南岸有人大叫。我們轉過頭去看，原來是一個來荷花塘打洗衣水的婦女。那個婦女提著一個洗衣木桶，眼睛對著木桶裡大聲尖叫。我朝木桶看去，一個毛乎乎的東西從木桶裡爬出來，黑長的毛纏住了那個婦女提桶的手！

12

山爹比我們先明白出了什麼事，叫聲「壞了」，慌忙衝向提水的婦女。我和爺爺馬上跟了上去。

想必，那個東西趁婦女打水的時候偷偷溜進水桶裡。夏天下雨的時候池塘裡的水比較混濁，所以難以發現其他東西混在水裡。水清的時候它是不敢出來的，一直躲藏在荷葉叢那邊。等婦女將水桶提起來，那東西趁機纏住她的手。婦女嚇得丟掉水桶，但是那東西的長毛纏著手，甩不下來。

山爹扯住那東西的一把黑毛，使勁地向相反的方向拖。那東西就像一條擰水的黑被罩在婦女與山爹兩人的手之間晃蕩。可是因為下雨，山爹腳下一滑，仰天摔倒。黑毛從手中脫落。那東西甩起黑毛打在山爹的臉上，山爹立刻痛苦地呻吟起來，雙手捂住臉，鮮紅的血從他的指間滲透出來。那東西在雨水中居然也有這麼大的力氣，令我倒吸一口冷氣！

那東西的黑毛像蛇一樣在雨水裡蠕動，拉著婦女往岸邊走。婦女臉嚇得變了形，坐在泥濘裡雙腳抵住地面反抗。

爺爺快速走過去，伸出食指和中指向那東西身上某個地方點了一下。那東西被電擊似的黑毛全都直立起來，像一隻龐大的刺蝟！那裡估計有它的什麼穴位。爺爺的手指被它的毛刺傷，急忙縮回手，用嘴吮吸手指，然後吐出一團綠色的液體。

它暫時放開了婦女，黑毛像針一樣對著爺爺。爺爺罵了一句，在地上挖了點紅土塗在受傷的位置。爺爺推推我的胸脯，要我離遠一些。這時，山爹也站起來，臉上像摔傷似的出現一條條密集的血跡。

山爹雙掌合在一起求水鬼：「孩子的媽呀，我是妳丈夫啊，妳不認識我了嗎？我求妳別害人了行不？我求求妳！」說完用手擦眼角鼻子流出的眼淚鼻涕，和臉上的血混在一起。

爺爺說：「別和它廢話了。它哪裡記得你！水鬼如果記得事，你兒子能把你媳婦拖下水嗎？周圍都是雨水，它的力氣大得很，你要小心！」

山爹說：「它不記得我了嗎？那它就一定要害人咯？那你害我吧，你把我拖走做替身吧。你和兒子都走了，我活著也沒多大意思了。」說完撕心裂肺地哭。雨水砸在他的身上，頭頂和肩上由濺起的細小的水珠形成了一層薄霧，彷彿夢境。

那東西立起黑毛靜靜待了一會兒，似乎真在聽山爹的哭訴。山爹哭出來的時候，它的毛漸漸軟下去，好像也被他的話感動了，並且正在回憶著生前的事情。我緊繃的神經稍稍輕鬆下來。

出乎意料的是那東西突然彈跳起來，飛到一人高直向山爹撲去！

原來它的黑毛軟下去是為了蓄力再跳起來。另一方面，它的這個動作麻痺了我們。但是它僅憑那些毛就能跳這麼高是我先前想像不到的。山爹顯然也措手不及，驚恐地看著那東西飛到他的頭頂，竟然忘記了逃跑或者反抗。爺爺想過去阻攔，但是來不及了。

那東西將山爹撞倒，壓在他身上，黑毛纏住山爹的脖子，勒得山爹臉色朱紅，青筋直冒，眼珠死瞪。其他的黑毛像鞭子一樣抽打他的身上各處。山爹雙手抓住那東西想把它扯開，可是這個動作更促使它加強了勒他脖子的力量。

爺爺也不敢拉扯那東西，怕把山爹勒死，急得團團轉。那個婦女這時才反應過來，嚇得撒腿離開，跑了兩步還不忘記停下來撿起躺在不遠處的水桶。

我自作聰明學著爺爺伸出右手兩個手指向那東西戳去，還沒等我戳到它，它的黑毛已捲到了我的手，一股巨大的力量將我拉倒。我摔了個嘴啃泥，膝蓋磕在石頭上疼得要命。這一跤摔得夠重，我的四肢出現短暫的麻痺，一動也不能動。

那東西的黑毛向我抽來，落在身上火辣辣地疼。我麻痺的四肢在這劇烈的疼痛之下又找回了感覺。我的左手在地上碰到一塊石頭，於是順手撿起來向那東西的身體砸去。

一股綠色的液體濺在我的手上，那塊帶有鋒利尖角的石頭劃破了它的皮膚。我感覺到它一陣痙攣，同時黑毛出現了鬆動。爺爺看準了一腳向那東西踢去，像被四姥姥的孫子踢的那一腳一樣，那東西飛向池塘，但是這次沒有捲住爺爺的腳，因為它的黑毛幾乎都纏在我和山爹的身上。

那東西沉到混濁的雨水裡不見了蹤影。我手上的綠色液體黏稠得如膠水，氣味也很噁心。再看山爹，他已經被勒得昏迷。我剛雙手撐地努力站起來，右手突然針刺一般疼痛，根本承受不了絲毫力量，一下子又趴在地上，吃了一口的泥水。

爺爺制止道：「別動！」他將我的一隻手扛在肩膀上拉起來。這時那個婦女帶了幾個人過來，將神志不清的山爹抬起來。

我一站起來就像喝了迷藥一樣迷迷糊糊，眼皮沉沉地往下掉。估計是那綠色液體的副作用。我努力地睜了睜眼，看見對岸的荷葉在雨點的打擊下輕微地顫動，但是有一處動得明顯多了。它又躲藏了起來，精心策劃下一次機會。

只要它還在荷花塘，我們的身邊就埋伏著一個伺機而動的殺手。讓整個村子裡的人都提心吊膽，不得安寧。

我在床上躺了兩天才感覺腦袋沒有了昏昏沉沉的感覺。我意識稍清醒點就問爺爺：「你那兩個指頭戳水鬼也是古書告訴你的嗎？」

爺爺笑著說：「我那兩個指頭戳沒有用，關鍵是你那一石頭打得好。女水鬼的皮薄，稍微尖銳一點的東西一劃就破了。」

我問：「難道男水鬼的皮跟女水鬼的還不一樣？」

爺爺和藹地說：「男水鬼的皮比牛皮還要厚，別說石頭了，就是剪刀都剪不爛，我原來認識一個捉鬼的道士，他就用男水鬼的皮做了一雙鞋，穿了十幾年了還沒有一個破洞。」爺爺一提到道士，我又想起歪道士，不知道他是不是穿著鬼皮鞋子，下回要注意看看。

爺爺又說：「但是男水鬼的皮怕火，沒有水打濕的情況下，見火就化成灰。」

我轉念一想，問道：「山爹好了沒有？」
爺爺沉默了一會兒，緩緩地說：「山爹死了。」

13

我一下子從床上爬起來：「是被水鬼勒死了？」
爺爺說：「不是。」
我驚訝地問道：「那他怎麼就死了呢？」
爺爺回答說：「他自己跳水的。」
「他自己跳水的？」
「對。他甘願自己跳水去做水鬼的替身，讓他媳婦超生。」

這時媽媽推門進來，端著一碗熱氣騰騰的湯藥。媽媽說：「山爹說他代替他媳婦做了水鬼保證不害別人了。」

原來山爹第二天就醒過來了，而我還因為水鬼的污水昏迷著。只是他的四肢被水鬼的黑毛抽打得傷痕累累，腳下不了床，手拿不了筷子，看起來整個人比平常胖了一倍。山爹對來看望他的人說：「我們一家不再連累村裡的鄉親了，我願意投水去做我媳婦的替身。我保證不害我們村裡的孩子，我用良心保證。請大家相信我！」

來看望他的親戚朋友只當他被水鬼嚇傻了說胡話，並不把他的話放在心上。再說了，山爹渾身腫得像饅頭一樣，床都下不了，飯還要人餵著吃，他怎麼走到荷花塘那裡去投水？於是眾人真心或假意地勸解一番就散去了。

可是誰能料到他當晚真去荷花塘投水了，誰也不知道他怎麼下床怎麼走到荷花塘的。第二天去給他送飯的人發現他不在床上了，圍著屋子找了幾遍。只看見山爹養了五六年的老水牛在牛棚裡用堅硬的牛角挽著韁繩拼命地拉扯，似乎想用牛角將韁繩磨斷。

後來就有洗衣提水的人發現荷花塘的南岸有一隻鞋子，那人記得山爹一直穿著這樣的鞋子，他以為山爹跟水鬼爭鬥的時候丟掉的，便撿起鞋子去山爹家問。這樣一來二去終於弄明白了，山爹趁著村裡人睡覺的時候投水了。

在我醒來的這個早晨，已經有人發現了漂浮在荷葉叢裡的山爹的屍體，跟他媳婦死時的狀況一模一樣。村裡的好心人借來一個草席將山爹包裹起來，埋在了他媳婦的旁邊。他的沾親帶故的行上人在山爹夫妻墳前栽了兩棵柏樹。

爺爺說：「他是想得傻，我都說過多少遍了，做了水鬼就不認識任何人了。你看那天那水鬼還要勒死他呢。水鬼記得生前的事情會勒他嗎？」

媽媽把湯藥端到我的床邊，拿起湯匙向我口裡送。媽媽說：「所以你爺爺暫時還不能回去，怕山爹再找其他孩子。」

爺爺點了點頭，一臉的凝重。我心裡在想，那個乒乓也就哭聲嚇人而已，山爹媳婦成為水鬼後明顯比小水鬼厲害多了，爺爺說他一個人都對付不了，現在山爹一個大男人成了水鬼，不知道有多難對付呢。難怪爺爺的表情不好看，看來事情越來越惡化了。

山爹他們一家算是團聚了。只有那條靈性的水牛還在陽間存活著。

村裡人也更加擔心自己和孩子的安危，紛紛跑到我家來問爺爺怎麼辦。爺爺只是不住地搖頭嘆氣。

村裡的人圍著爺爺不肯走，都央求道：「馬師傅，您就幫幫忙吧。這水鬼一日不除，村裡就一日不得安寧。」因為大家多多少少知道了些爺爺的本領，都尊稱他為「師傅」。

爺爺還是搖頭。

又有人說：「馬師傅，您需要什麼儘管開口，我們也不能讓您白忙活！您不幫忙，這個水鬼找替身，替身又找替身。沒個盡頭，村裡還要受多少傷害？如果您要錢的話，我們也是應當給的。只要您肯幫忙！」

爺爺最怕人家要送東西給他，尤其最怕送錢。媽媽說過，爺爺年幼的時候原來在私塾讀過幾年四書五經。我猜想爺爺的封建思想根深蒂固，說到錢就覺得沒有「君子風範」，幫人做事要錢是不道德的，「君子固窮」的觀念不能改變。

爺爺一聽人家提到要給錢，馬上揮手，生怕人家以為他不答應是想坑錢。人家看他不答應，急了，極其認真地說：「您要多少錢開個具體數目，不用怕我們不給，畫眉村和我們村隔得不遠，我們人逃得了債，屋子還在這裡搬不走。」

爺爺比他們還急了，通紅著臉解釋：「我不是想要錢，人到老就是一捧泥巴，要不義的錢幹什麼！好了好了，我答應試試。但是你們給錢的話我就不做了。」

眾人這才放下心來，一一和爺爺握手，感激他的幫忙。我堅信爺爺是上不了大場面的人，在這些把他當作救世主的人們面前，爺爺窘迫得很，臉上居然顯出羞澀的紅潮。這可不像平時給我講遠古時代的王侯將相的爺爺，他給我講荊軻刺秦王、關公過五關斬六將的時候可是眉飛色舞、豪氣萬丈，彷彿自己是故事裡面的壯烈人物。他的情緒也感染了我，讓我對爺爺產生仰慕。可是現在居然畏畏縮縮，像小孩子見了陌生人一樣不好意思，真讓我失望。這也剛好證明爺爺為什麼當不了威風八面的正規道士，而只能一輩子老老實實做挖土的農民。

但是爺爺每次遭遇各種各樣的鬼怪時，卻是我最為佩服的時候。

外面的雨水似乎很聽爺爺的話，到了第四天自然停了。一道好看的彩虹在常山頂上綻放它的炫彩。隨後，太陽出來了，陽光漸漸熾熱，與一個小時前的天氣截然不同。

吃過午飯，爺爺便帶我去荷花塘擺設法位。一張黑漆大飯桌，一把桃木劍，一大張黃紙，兩瓶黃酒，一捆筷子，一張麻布袋，一根繫著麻布袋的細麻繩。這些都是村裡人按爺爺的吩咐湊起來的，桃木劍是村裡的木匠砍了家門前的桃樹剛做就的，還散發著桃木特有的氣味。爺爺說這個氣味辛惡辟邪。

來到荷花塘，已經有幾個人在那裡等著了。我們一起按爺爺的吩咐在荷花塘的北岸挨著荷葉叢的地方擺好法位。飯桌正對荷葉叢，相距不到五米，桌子長寬都是兩米。大黃紙撕成一條一條畫上蚯蚓一樣的符號，灑點酒在紙上，散亂地放在桌上。剩餘的酒留在桌子的一角。繫著細麻繩的麻布袋平鋪在桌子正前方。再撿幾塊石頭壓住麻布袋和黃紙，防止風吹動。

這些都做完，爺爺拍拍巴掌說：「好了，就等吃了晚飯月亮出來。」

我從爺爺的語氣中可以知曉他的底氣不足。畢竟我們有親密的血緣關係，很多時候相互知道心思。

14

吃完晚飯，等了一會兒，月亮也從常山後面爬上來了。我坐立不安，急著要出去，爺爺卻安然地坐著不動。我著急地說：「爺爺，月亮出來了，我們要出發啦！」

爺爺說：「出來了又不會馬上沒了，急什麼？」接著乾脆閉目養神。

我確實有些急，畢竟今晚要捉的水鬼是我的「同年爸爸」，雖然我很少這樣叫他，但是心裡還是有說不清的感覺。

見我不安靜，爺爺又說：「再等等，等月亮的光線強一點。」

爺爺喝了一杯茶，揉揉眼睛看看外面的月亮，覺得可以了，便說了聲「走吧」，自己便率先跨出了門，踱著步子向荷花塘走。我連忙跟出了門，趕了十幾米才跟上他的腳步。

爺爺走到離荷花塘還有一些距離的路口時停住了，眼睛看著荷花塘那邊。我踮起腳來看，荷花塘旁邊站了許多人。原來他們擔心爺爺和我害怕，故意來這麼多人壯膽。那邊的帶頭人走過來向爺爺打招呼：「馬師傅，用得上的地方儘管說。」

爺爺點點頭，徑直走到桌子前。他把黃紙交給我，說：「聽到我說聲『著』，你就對我扔一張。」爺爺拿起一瓶酒圍著桌子灑了一圈，然後提起桃木劍在空氣中劃動，口中唸唸有詞，唸的什麼東西我聽不懂。他突然喝一聲：「著！」我便急忙扔一張黃紙。

爺爺手中桃木劍一舞，黃紙居然像長了翅膀似的主動飛向桃木劍，被桃木劍捅穿。同時，黃紙燃燒起來，火焰是幽幽的藍色。爺爺劍指荷葉叢，黃紙從劍上脫落，輕飄飄飛向爺爺劍指著的被荷葉遮住月光的暗處。黃紙落在水上，照亮荷葉下面陰暗的地方，居然火焰不熄滅，彷彿著了火的小舟漂在水面上。火焰像舌頭一樣舔著水面，發出「哧哧」聲。

爺爺突然又從含糊不清的詞語裡蹦出個「著」字，他唸「著」的時候用很大聲，提醒我的注意。我又扔出一張黃紙。爺爺用相同的動作將燃燒的黃紙置於荷葉叢中。如此三番，許多黃紙漂在水面了，荷葉叢被藍色的火焰照亮，幾乎沒有暗角。我手中的黃紙也用完了。旁邊的人睜大了眼睛看著正在發生的法事。帶頭人的喉結上下滾動，急不可耐。藍色的火焰照在我們的臉上，個個顯得面目猙獰。

此時，桌前的麻布袋漸漸有了動靜。爺爺喝道：「太上老君教我殺鬼，與我神方。上呼玉女，收攝不祥。登山石裂，佩帶印章。頭戴華蓋，足躡魁罡，左扶六甲，右衛六丁。前有黃神，後有越章。神師殺伐，不避豪強，先殺惡鬼，後斬夜光。何神不伏，何鬼敢當？急急如律令。」這是殺鬼咒，爺爺曾經給我提到過。

爺爺唸殺鬼咒的過程中，麻布袋像氣球一樣慢慢鼓起來。眾人驚嘆！有人小聲自言自語：「麻布袋裡可不是水鬼吧？」旁邊的人也猜測道：「可能是黃紙發的光照亮了暗角把水鬼逼出來了。只有麻布袋裡沒有光線，可能水鬼就鑽到裡面來了。」

爺爺收起桃木劍，嘆氣道：「山爹呀，本來是你叫我來捉鬼的，沒有想到你這麼想不開，讓我來捉你了。」麻布袋在蠕動，似乎裡面伏著一隻豬仔。

「大家都站遠一點兒。」爺爺緊張兮兮地對旁邊的人們說。他自己輕輕走到麻布袋前面，彷彿怕麻布袋長了腳跑掉。大家也被爺爺這個謹慎非常的動作唬住了，大氣都不敢喘一下。幾個人的拳頭捏得嘎嘎響，準備跟麻布袋裡的水鬼大幹一場。荷花塘裡的水和皎潔的月光一樣死般寂靜。

走到夠近的地方，爺爺猛地伸手抓緊麻布袋的封口。大家的精神隨之一緊，眼神都聚集在麻布袋上。爺爺提起麻布袋的時候身子晃了晃，可能是袋裡的東西太重。

爺爺將麻布袋倒過來，輕輕拉開封口的細麻繩。「噗哧！」一股水流從袋裡湧出來，在地面散開，足足有一臉盆。

大家面面相覷，他們不是奇怪水怎麼可以裝在像竹籃子一樣漏水的麻布袋裡，而是奇怪出來的為什麼是水而不是別的嚇人的活物。我也一愣，緊張的情緒頓時蒸發。我看爺爺，他的表情和別人沒有區別。

我小聲地問：「爺爺，是不是水鬼沒有捉到啊？」其他人立即都把詢問的眼光對著呆立的爺爺。

爺爺沉吟了半刻後才知覺聽到我的問話。他說：「大家不用擔心，水鬼已經捉到了，這裡不會鬧水鬼了。大家都回去安心睡覺吧。回去吧回去吧！」大家懸著的心這才放下來，認為從麻布袋裡流出來的水正是水鬼化成的。既然水鬼被爺爺的法術化成了水，也就不能對任何人造成威脅了。

可是我仍然懷疑，爺爺不是說對付不了嗎？可是剛才這麼輕易就把水鬼解決了，這是為什麼呢？那麻布袋裡的水真是水鬼變化的嗎？

其他人都相信爺爺，因為他們不會對付水鬼，也不知道水鬼死了會不會變成一攤水。可是我時刻陪在爺爺的身邊，爺爺有沒有反常的行為我能馬上看出來。

旁邊的人開始散去，一邊往回走一邊交頭接耳，從他們的語言裡可以聽到有的人慶幸水鬼輕而易舉消滅了，有的人抱怨沒有驚心動魄的場面，有的人高興以後水邊安全了，有的人懷疑那股水會不會又返回變成水鬼。

而我擔心水鬼根本沒有走，它還在荷葉叢裡的某個地方，它看著我們做的一切。可是我不敢問爺爺我的想法正確與否，因為這樣問等於是懷疑爺爺捉鬼的能力。我還沒有資格懷疑他。

當天晚上，爺爺和我擠在一張床上，我睡得很熟。我的睡眠一直很淺，屋頂爬過一隻老鼠都會把我吵醒。我睡得很香，也就說明爺爺一晚沒有睡好，因為沒有打鼾的聲音吵醒我。

第二天一醒來，我便聽見屋外鬧哄哄的，外面聚了許多人，七嘴八舌，議論紛紛。

我剛聽清外面的人大概講的是什麼，爺爺的鼾聲就歡天喜地地響起來。

我奇怪地看看爺爺，他臉上有一絲竊喜。但是我知道爺爺是真的睡著了，睜了一晚的眼睛剛剛放心地閉上。陽光從窗戶玻璃透進來，打在爺爺的被子上，暖洋洋的。

15

媽媽走進來，看見爺爺睡得死死的，幫爺爺掖掖被子，悄悄對我說：「真是奇了怪了。外面的人說你『同年爸爸』的老水牛淹死在荷花塘裡了！」

雖然我已經聽到外面人講的內容，但是聽了媽媽的話還是渾身一顫。

「水牛怎麼可能淹死在水裡？」我狐疑地問。要說其他牲畜在水裡淹死我還信得過，可是水牛本身就離不開水，怎麼還會被水淹死呢。爺爺家裡也養了一頭耕田的水牛，每到暑假我都會幫爺爺看牛。要說我也是比較懶的人，看牛的工作雖說不累不麻煩但是枯燥，唯一使我主動幫爺爺看牛的動力是大熱天可以騎在牛背上游泳。其他游泳的夥伴有的坐在充氣的輪胎上，有的抱一塊大泡沫，有的什麼也不帶，但是都不敢到水太深的地方去，而我可以坐在水牛的背上游到任意想去的地方。水牛凫水可是比一般的游泳好手厲害多了。

媽媽說：「我也不相信呀。可是山爹的水牛現在還在荷花塘的水裡泡著呢。村裡人都說這太不可思議了，誰也不敢下水把水牛撈上來。」

我說：「難道是水鬼拖下去的？」

媽媽馬上反對：「牛是有靈性的動物，它的眼睛是天生的陰眼，能看見鬼呢。水鬼怎麼可能拖到它？再說了，昨晚你爺爺不是已經把水鬼捉起來了嗎！」

我不說話了，看著打呼嚕的爺爺，答案一定在他那裡。

後來我問了爺爺無數遍，爺爺卻守口如瓶，堅持說水牛淹死跟他是不是真捉到了水鬼沒有直接的關係。我假裝不經意轉而問他那晚的那攤水是不是真是水鬼化成的，爺爺不說是也不說不是，只是一臉意味不明的笑容看著我。

不過有一點肯定的是，從此荷花塘旁邊再也沒有出現水鬼拖人的事。

但是有人黃昏放牛歸來在荷花塘邊給牛飲水的時候，偶爾看見一條水牛在荷葉叢裡凫水，荷葉驚動，水聲嘩嘩。等牛飲水完畢再看時，荷葉叢裡的水牛已經不見了，但是荷葉叢那邊的水波還在蕩漾，荷葉的晃動還沒有停下來。

還有放學歸來的小學生看見過荷花塘岸堤上有一條斷了轡繩的水牛站在那裡，頭朝著山爹家的方向眺望。待看見的人走過去，岸堤上什麼也沒有，只隱約聽見牛的「哞哞」一聲。

如果不是後面發生的事情，估計爺爺永遠不會給我解釋捉水鬼那晚的謎團。就像之前捉箢箕鬼一樣，這次捉水鬼也留下了後患。俗話說「一回生二回熟」，爺爺頭兩次捉鬼有些瑕疵也是難免的，但是第二次捉水鬼留下的後患不能怪爺爺的過失，要怪只能怪埋葬山爹的人沒有把墳墓的地方選好。自此水鬼倒是沒有再鬧了，但是出現了比水鬼還凶的東西。為了能一個一個繁而不亂地將我跟爺爺捉鬼的經歷講出來，我只好按照事情發生的時間順序安排故事情節。到底後面山爹的墳墓出了什麼問題，又給村裡帶來了什麼新的麻煩，我在後面會另外詳細地講給各位聽的。

一年後，村裡的人又去找爺爺時，爺爺納悶地對我說：「那晚我確實沒有捉到水鬼，但是山爹的水牛已經淹死了代替了他啊！怎麼又出問題了呢？」

我驚訝地問：「你說你沒有捉到水鬼？你不是說麻布袋裡的水是水鬼化成的嗎？」

爺爺解釋道：「我早就知道我一個人不是山爹變成的水鬼的對手，在解開麻布袋的時候我也戰戰兢兢呢。一倒出來一看是水，我也迷惑不解。你想想，它要麼出來跟我鬥一場，它的勝算還要大一些，它要麼躲藏著不出來，弄一袋的水是什麼意思呢？後來我想明白了，君子之交淡如水嘛！我和你『同年爸爸』交往不多，但是知道他心腸很好，人也老實。我跟他說話也挺投機的。他自己不出來，給我帶來一袋的水，意思是說我們是君子之交，我們可以相互信任，他說過不傷害村裡人的話是算數的。為了安慰村裡人的緊張情緒，我只好假裝說水鬼已經化成水。這是我和你『同年爸爸』的秘密約定。後來老水牛淹死了，我就真的放了心。水牛落水淹死是不會成為水鬼的，因為它本性是屬水的，所以不會鬧水鬼。」

我問道：「老水牛是自願的嗎？」

爺爺感嘆道：「是的吧。老水牛體力不行了，山爹本來想殺了牠的，可是一直捨不得。這次可能是老水牛自願報恩吧。動物裡面最忠實的只有兩種，一個是牛，一個是狗。」

牛的確是忠實的動物。說到這裡有一個經歷不得不講。有一次，爺爺家的牛放在我家，讓放假的我幫著照看一段時間。牛看了十幾天都沒有出任何問題，可是有一天早上我去套牛的地方想牽牛出去時，牛不在了。韁繩只剩了拴在石頭上的一小截，斷頭毛茸茸的，像是牛用角攪起韁繩來回地摩擦了一個晚上將繩磨斷了。牛的脾氣煩躁的時候就喜歡這樣。

我馬上告訴爸媽。爸媽連早飯都沒有吃就在村裡到處找牛。我說過我是比較懶的傢伙，看牛不用心，只盼著牛快點吃飽了把它拉到池塘裡騎在背上游泳玩，因此，牛經常有走失的時候，然後我們一家到處找。牛喜歡走的路徑被我們摸得非常熟悉了。爸媽就按照以往的習慣去找牛，可是牛沒有在我們預想的地方出現。

直到天黑了，我們找了以前看牛的所有地方，最後垂頭喪氣地回來了。爸爸說可能是牛被人家偷了。那段時間村子裡經常發生偷牛的事情，主人發現牛不見了，找了幾天後在某某山發現了丟棄的牛骨頭。那幫外地的偷牛賊手法高明，從來沒有被抓到過。

爸爸怏怏地去爺爺家報告不好的消息，躺在床上的爺爺卻哈哈大笑。原來牛自己找路回到爺爺家裡來了。那天爺爺剛好生了病身體不舒服，牛是要回家看望生病的爺爺。那天早上牠穿過大門、偏門來到爺爺床前，用堅硬的牛角碰床沿。

跟昨晚一樣，在他的故事結束時，我們還在他講述的世界裡神遊。

「好了，這個故事就此結束。下一個故事，還是同樣的時候才能開始。」他站起來，拿起開水瓶倒水，兀自洗起臉來，然後脫衣睡覺。

其他人都還戀戀不捨。

「父母為了孩子，可是連命都敢豁出去啊！」一個同學感嘆道。

「人們常說以西瓜來比喻母子關係，說是，瓜的肚裡有子，子的肚裡沒瓜。」另一個同學也欷歔不已，「我以前對我爸媽的態度不好，上次叫我天熱減衣服，天涼加衣服，我還說她囉嗦呢。」

我懶洋洋地站起來，突然很想給媽媽打一個電話。

「想聽故事，明天零點再來吧。」那個湖南的同學拉上了被子。

騙婚

16

滴答，滴答，滴答……

秒鐘每走動一下，我的激動就增加一分。

因為，又快到零點零分的時刻了。

這次不用我們催促，那個湖南的同學就開始講述了。

滴答，滴答，滴答……

山爹的事情過去了，但是爺爺的心情壞起來。他總是責怪自己沒有及時阻止事態的變化，即使回到了畫眉村還是對這件事念念不忘。不久我放暑假，又到爺爺家小住。

一天早晨，一聲刺破耳膜的尖叫驚醒了幾十戶人家懶睡的男男女女。發出尖叫的是矮婆婆。矮婆婆家和爺爺家相隔不過數家，尖叫聲把我和爺爺吵醒。我們馬上跑出去看發生了什麼事情。

等我們跑到矮婆婆家，門前已經圍得水泄不通。有人悄悄相互告訴：「文文上吊啦！剛結婚就自尋短見，真是喜事沒完哀事又來啊！」矮婆婆坐在地上，從她的一說一哭中，我們知道了事情的真相——

今天早晨，矮婆婆端著一碗熱氣騰騰的雞蛋麵，巍巍顛顛地走向門正中貼有大紅「囍」字的房前。敲了敲門，裡面沒有應答。矮婆婆將溝溝壑壑滿面喜氣的臉貼在木板門上，聽不見有人起床的聲音。她心想，是新娘子昨天哭得太累，現在正在又深又沉的夢鄉裡吧。她轉身想走，可是雙手感覺雞蛋麵的熱度慢慢下降，就只好又敲了敲門，喊道：「文文，文文！」屋內仍然沒有回答，甚至連人在床上蠕動的響動都沒有，死一般沉寂。矮婆婆心裡犯疑惑：莫非這伴著疑慮，她端著那碗熱氣騰騰的雞蛋麵，又巍巍顛顛地走到貼有紅色鴛鴦剪紙的窗戶旁邊。窗簾是閉著的，矮婆婆踮起腳伸直了脖子從窗簾的邊縫往內窺看。突然，矮婆婆一動不動了，彷彿一瞬間被早晨的冷空氣凍僵。良久，矮婆婆的手一抽搐，碗掉落下來碎成幾片，雞蛋麵撒落出來，同時，發出那聲把人都招來的刺耳尖叫。

桃樹邊一群正在啄食的雞驚得四處逃散。矮婆婆從窗簾邊縫裡看見一堆亂髮，亂髮間藏有一雙鼓鼓的眼睛，舌頭從兩唇間吐露出來。文文的身體懸掛在捆綁嫁妝用的紅繩上！雞蛋麵撒在地上，攤開的麵條如蓬亂的頭髮，中黃邊白的雞蛋就如藏在亂髮間的鼓鼓的眼睛。

聽見尖叫的鄰居連忙趕來。幾個男子一看情形不對，立刻踹開房門。等我和爺爺趕到時，他們已經將文文從繩上搬了下來。我從人群的間隙裡看見文文身穿新嫁衣，顏紅如血，如一串曬乾的紅辣椒。一個男子將手指伸向文文的鼻子，然後搖搖頭說：「沒氣了。」這句話似乎碰觸了矮婆婆身上的某處開關，她開始發出淒厲的哭聲。一直在門外徘徊不敢進來的馬兵聽到母親的哭聲，立即「撲通」跪下，臉色煞白。隔壁房間裡也接著傳來大男人的哭聲，那是馬兵的哥哥馬軍，他雙腿殘疾。

門上的對聯鮮紅如血！馬軍昨天才和文文結婚，今天就陰陽兩隔！

說到文文為什麼和雙腿殘疾的馬軍結婚，卻有一個婚姻騙局的故事。

矮婆婆的丈夫死得早，留下馬軍和馬兵兩個兒子給她照料。小兒子馬兵長得相貌堂堂，能說會道；大兒子馬軍卻是先天的殘疾。矮婆婆的丈夫在臨死前老說擔心大兒子將來的婚事，不肯咽下最後一口氣。在農村，一個男子如果喪失了勞動力在婚姻上就失去了競爭的能力，沒有人願意將自己的女兒嫁給不

---

8. 妮子：妮子就是指小女孩、小丫頭的意思，通常情況下沒有太多感情色彩。放在不同的語境中一般有兩種意思：一是親切的稱呼，昵稱；第二則帶有挑釁、挑逗的意思。

能幹農活的人。矮婆婆安慰丈夫道：「你就安心去吧，大兒子的事情我一定辦好。如果我沒有辦好，日後我也到了黃泉路上，你找我算帳。」

矮婆婆是畫眉村辦事精明得出了名的人，很多她丈夫都辦不了的事情，她一出手就迎刃而解。有了矮婆婆的這句保證，她丈夫就緊緊捏了捏她的手，嘆息一聲閉眼歸去。

丈夫死後，眼看著兩個兒子漸漸大了，小兒子都已經成家了，大兒子連個提親的人都不見。矮婆婆曾經托了無數個媒婆找合適的對象，只要年齡差距不是太大，長相不是特別醜，她都給大兒子答應。可是人家一聽對方是個不能下農田幹活的殘廢，都把頭搖得撥浪鼓似的。

矮婆婆想起丈夫的交待就心愁，怕到了陰間丈夫還要責怪，就開始想歪主意。

馬軍和馬兵兩兄弟雖然不是雙胞胎，但是眉毛鼻子嘴巴還有幾分相像，她就想，能不能介紹的時候馬兵出面，騙得姑娘的喜歡，結婚的時候來個調包計，把馬軍送進洞房。等第二天新娘知道自己的丈夫是馬軍，生米已煮成熟飯，後悔也來不及了。

說做就做，矮婆婆勸得馬兵的同意，便開始實施自己的陰謀。她不敢把真相告訴馬兵的媳婦，便瞞著馬兵媳婦說馬兵要到城裡去辦點事，好幾天才能回來。馬兵媳婦沒有懷疑婆婆的話。

矮婆婆另一方面安排媒婆給兒子找未婚的姑娘。這一找便找上了鄰縣的文文。矮婆婆特意交待了媒婆，找得越遠越好。她事先考慮到了，新娘如果是附近的人，肯定知道她家的馬兵已經結婚，騙局敷衍不過去，找個遠地方的不知道她家裡底細的。

要說這文文也是命苦，幼年時父親早早去世，年輕的母親守不了活寡，跟著一個商人跑了。文文由不是直屬親戚的嫂子養大。她那嫂子其實不情願養她，沒奈何怕周圍的人指責，把她養到十八歲就不養了，說她盡了力，文文成年了要自己養活自己。文文原來住的屋由於經久未修，早不能住人了，她自己也沒有田可以種，只好在這個親戚家那個親戚家湊了這一頓飯愁下一頓飯。

這次馬兵代替他哥哥來相親，文文的親戚們都高興得不得了，心想她嫁出去了就不會再來要飯吃，都盡力撮合他們。文文自己也受夠了寄人籬下的生活，再說，自己對馬兵的長相和行為舉止都挺滿意。經過媒婆勸說，馬兵也盡力表現，文文於是認了下來。

文文一答應事情就好辦了。馬兵給文文的親戚打發了一些喜錢，便要求帶文文回家結婚。十幾年前的農村不像現在這樣交通發達，從鄰縣到畫眉村要走三四天的路。於是文文那些本來就不熱心的親戚假裝表達了希望參加婚禮的願望，又說擔心家裡的糧食園地裡的蔬菜，推說行程不方便，竟然沒有一個人願意陪文文走。

文文倒也爽快，一個人跟著馬兵來到了畫眉村。

17

馬兵在鄰縣的幾天裡，矮婆婆開始給馬兵媳婦做思想工作，把真實的情況給她攤了牌。馬兵媳婦一聽，暴跳如雷。

矮婆婆說：「又不要你男人真跟她怎麼的！來了進洞房就馬上換你哥。」

馬兵媳婦不聽，執意不肯，威脅說等那女人一來就戳穿他們的陰謀。

矮婆婆又說：「妳想想，要是妳哥馬軍一輩子結不了婚，沒有子嗣，他老了還不是要兄弟養？妳可願意照顧馬軍？他下不了田種不了地，家裡的事情還不是要妳跟你男人來做？」

馬兵媳婦不說話了。

矮婆婆見話生效，便請求她回娘家待幾天，等事情完了再回來。

文文一到畫眉村，矮婆婆便立刻張羅結婚的事。文文雖然有些疑心，但是她一個人在這裡人生地不熟的，覺得快點結了婚也好有個依靠，便按照矮婆婆的吩咐做事。

婚禮舉行得很簡單，來的人也只有幾個直屬親戚，紅對聯一貼，紅燈籠一掛，紅嫁衣一穿，便匆匆拜堂。

拜堂的時候就有人說文文的紅嫁衣顏色太豔太濃，像豬血似的。其他人開始還不覺得，經人這麼一說，仔細看那紅嫁衣，個個都認為確實顏色太豔了，比對聯和燈籠都紅多了，恐怕不吉利。當時我和爺爺都不在場，我們還在荷花塘那裡捉鬼。但是我在文文上吊後看到那紅嫁衣，並不覺得有多麼鮮豔。參加了婚禮的人也說：「咦？不是我眼花了吧？昨晚衣服紅得像血，今天看來卻怎麼淡了許多呢？」

文文活著的時候也覺得顏色太紅了，問矮婆婆換件顏色淡點的嫁衣。矮婆婆不悅道：「哪裡有人出嫁還準備兩身嫁衣的？這不意味著要嫁兩次嗎？不行不行。就是有也不能隨便換的。這不吉利。」眾人聽矮婆婆這樣說，便都附和著說算了算了。

拜堂行禮以及進洞房都是馬兵穿著新郎禮服陪伴著，文文沒有覺得不對勁的地方。文文從鄰縣一路走來就非常勞累了，加上婚禮這麼一折騰，更是疲憊不堪，腦袋一挨著枕頭就進入了夢鄉。

趁著文文睡熟的機會，馬兵將哥哥馬軍換了進來，跟文文躺在一起了……

馬軍和馬兵雖然有幾分相像，平日裡人們也難辨真假，但是近距離看很容易看出差別。等到半夜文文醒了過來，點上燈要上廁所，文文在燈下一看旁邊的人竟然不是馬兵！那個黑暗中趁著她睡熟對她動手動腳的男人居然是另外一個她不認識的人！文文一聲驚叫把馬軍驚醒，矮婆婆聽到聲音也馬上趕來。文文大哭大鬧，尋死覓活。她手拿到什麼便用什麼砸馬軍，嚇得馬軍連滾帶爬出了洞房。矮婆婆二話不說，立即用鎖將文文鎖在屋裡，怕她逃跑。矮婆婆以為過兩天文文想通了也就順理成章了。可是她想錯了，她沒有想到文文是如此剛烈的女人，更不會猜到她會尋死。

今天早上，矮婆婆端著雞蛋麵去給文文吃，才發現這個剛進門的媳婦已經成了一具冰冷的屍體，舌頭從口裡伸出來，脖子上一道血淤的痕跡。

剛辦完喜事又馬上辦哀事。矮婆婆一家三口失神的待在屋內，什麼也不吃，什麼也不說。文文的後事全由行上親戚金伯打理。左鄰右舍前幾天領到的紅包還沒有拆開，又紛紛來幫忙料理出葬的事情。

顯然矮婆婆一家對此事始料不及，喪事辦得匆忙而又混亂。棺材沒有，壽衣沒有，鞭炮是慶祝新婚時沒有用完的。紅對聯沒有撕下來，但白對聯把它們都覆蓋了。這讓我心裡一陣不舒服，覺得每幅白對聯的背後都正在緩緩淌血。甚至撒落在地上的雞蛋和麵還沒來得及清掃，但已經被匆匆來往的人踩得稀爛。我在屋外站了不到半分鐘，覺得有點頭暈目眩，於是回了家。爺爺也唉聲嘆氣回來。

爺爺走到家門口掐了掐手指，陷入了沉思。在我朝他走過去的時候，爺爺突然「哦」了一聲。

我問爺爺：「怎麼了？」

爺爺說：「今天日子不好。文文死的日子不對啊！」

我不解道：「怎麼就日子不對了呢。難道文文還得挑個黃道吉日去上吊啊？」

爺爺搖頭說：「不對。今天的日子不吉利。她遲一天早一天上吊都沒有關係，但是今天上吊的話恐怕會成為吊頸鬼。」爺爺一說，我心裡立刻咯噔一下。「吊頸鬼」是我們這塊地方對「吊死鬼」的稱呼。

爺爺似乎怕自己算錯了，又掐了掐手指。他沉吟了一會兒，雙目炯炯地說：「今天是閻王總算的日子，文文很可能會回來找馬兵他們討命。」

我後脊背涼了，問道：「什麼是閻王總算的日子啊？」

爺爺說：「在今天，閻王暫時放下其他的事情，專門給鬼門關的各種小鬼計算懲罰獎賞。像十八層地獄，有的要從下層提到上層，可以早日投生。有的則要從上層罰到下層，難以超生。所以人家詛咒的時候就說要把你打入到十八層地獄。越是在下層的鬼越要受難，越難得到超生的機會。」

我還是頭一回聽到這個新鮮的事情，但是我仍不解地問：「這和文文的死又有什麼關係呢？」

爺爺來回踱兩步說：「這樣的話，文文可能被閻王爺忘記，文文就可以在陽間多待很多時辰。文文如果是正常死的就好，閻王簿上有流年記載，閻王忙完今天就會將陽間的遊魂收回去。可是文文是不正常的死亡，閻王簿上可能寫著她陽壽未盡，閻王不知道她已經成了冤鬼。這樣她就會成為來報怨的吊頸鬼。」

我急忙說：「那我們快去告訴矮婆婆他們，叫他們儘快做好準備啊。」

爺爺苦笑說：「有的人相信鬼，有的人不相信。矮婆婆一生好強，怎麼會相信我們的話呢。」

我焦急地說：「那……那怎麼辦？」

爺爺說：「再說了，有冤鬼就有冤結，這個冤結如果沒有人解開，這個冤鬼也不會消失。我們雖然可以捉鬼，但是也不能太違背鬼的意願，只有好好解開冤結才行。不然舊的冤結沒有解開又來了新的冤結，事情只會變得更加棘手麻煩。就是閻王收鬼，也得按照條理收納各種各樣的鬼魂，讓鬼魂們心服口服呀。我們捉鬼的人，除了厲鬼之外，其他的鬼我們只能盡量去化解鬼的冤結，不能粗暴地橫插一手。」

我點點頭，原來捉鬼還有一套原則啊。

18

當天晚上下起了細細如絲的雨，偶爾在天邊打出一串閃電，但雷聲不大。

金伯一邊咒罵天氣，一邊指揮著幫忙的人將外面的桌椅往屋簷下搬。天邊又打出一串閃電，金伯還沒有聽見雷聲，卻聽見屋內的尖叫！金伯和幾個人連忙衝進矮婆婆家的臥室，只見矮婆婆和他的兩個兒子雙目圓瞪，臉露驚恐，他們都望著窗戶方向！

怎麼了？金伯用嘶啞的嗓子吆喝。

「文文，文文來了！」最驚慌的竟然不是馬軍，而是他的弟弟馬兵。「她剛剛躲在窗戶旁邊，她要來害我呢！她躲在那裡，她躲在那裡！她以為我沒有看見她，但剛才閃電的時候我看見了她！我……我看見了她！就在……就在閃電的時候，我看見了她的……臉！」

金伯張口剛要說話，馬兵立即揮手制止，語無倫次地說：「我……我看見了，確實，看見了。閃電……閃電照亮了她的臉！痕跡，對！痕跡！她的脖子上有，有紅色，紅色的痕跡，是繩子勒出來的！」

馬兵的身體軟了，像水一樣從椅子上癱下來，跪在地上，不停地向窗戶磕頭：「妳饒了我吧，文文，妳饒了我吧，我不知道妳會變成吊死鬼啊，我不知道，我不知道啊！」

金伯和幾個幫忙的人也被面前的情形嚇住了。金伯小心翼翼地走近矮婆婆：「您也看見了？」矮婆婆點點頭，又立即搖搖頭，她眼中掠過一絲驚恐，又不住地點頭。金伯把詢問的眼睛探向躺在床上的馬軍，馬軍含著淚水緩緩地點點頭。

金伯背後有人悄聲說道：「三個人都看見了，難道都是因為眼花嗎？」金伯身體一震，大喝一聲：「走！」他帶了兩個人出門繞到屋後去察看窗戶。金伯沒有看見任何可疑的身影。又是一個閃電，金伯和另外那兩個人瞬間目瞪口呆！窗臺上放著一堆紅布，那不就是文文上吊時身上的紅色新嫁衣嘛！

「棺材！棺材！」金伯邊喊邊朝靈堂跑，一群幫忙辦喪事的人在後面跟著。

靈堂裡燭火依舊。一口漆黑發亮的棺材擱在兩條刷了桐油的長凳上，棺材下放著一盞長明燈，燈芯像蛇一樣浸在煤油裡，燒紅的燈芯頭吐出長長的黑煙。棺材放在長凳上是為了防潮。棺材只有在出葬前幾分鐘才可以釘上長釘，所以與棺材盒之間用一根半指厚的長方形木頭隔開棺材蓋，從這半指大小的空隙中可以窺見臉白如紙的文文躺在棺材裡，僵硬的她似乎表示嫌棺材略過窄小，表情看上去極不舒服。金伯對著半指寬的空隙看了半天，說：「裡面太暗了，看不清。把棺材蓋挪開！」

幫忙的人七手八腳合力抬開棺材蓋。

金伯往裡一看，臉色瞬間變得煞白，像是看到了極其恐怖的東西。原來此時棺材裡面的文文居然一身白衣服！入殮前穿的紅嫁衣不翼而飛！

「紅嫁衣呢？紅嫁衣呢？」金伯大聲喝道。唾沫星子從他嘴邊跳出，在淡色的燈光下分外顯眼。

有人小聲說：「不是在窗臺上嗎？」

金伯罵道：「奶奶的！誰不知道在窗臺上？我是說她穿在身上的紅嫁衣

怎麼到窗臺上去了？是誰弄的？」

「我們誰也沒有動她呀！」守靈的幾個人辯解道。棺材的右邊有個瓷臉盆，幾個守靈的人往瓷盆裡點冥紙，不讓瓷盆裡的火熄滅。

「那她怎麼跑到矮婆婆那間房外面了？」金伯責怪道。

守靈的人還不知道發生了什麼事情，都哈哈大笑：「金伯，忙壞了吧。再忙也只能忙壞了胳膊和腿，怎麼腦袋也忙壞了呢？死人怎麼可能跑出去？就算文文還是活著的，她能推開百來斤的棺材蓋嗎？」

金伯一想，他們說得也對呀。他對剛才跟著他的幾個幫忙的揮揮手，意思是不要他們把剛才的怪事說出來。他知道如果這個怪事讓其他人知道了，那守靈的人都會跑掉。矮婆婆一家現在就三個人，折騰不了這個喪事。馬兵的媳婦還在娘家沒有回來。他只好保守這個秘密。幸虧當天晚上沒有再出現其他的事。

出現那件紅嫁衣的怪事後，金伯擔心再出什麼意外，第二天上午請了個道士隨意吹吹打打了一番，下午就送葬了。

送葬時用的轎子是前幾天結婚時抬來的，當時按照迎娶的風俗習慣假裝將文文從這間房裡請出來坐上轎子，抬出來圍著村子走了一圈，又回到原來的房子裡。迎娶的過程就這樣走了個形式，這就算把文文從娘家接到了婆家。我能想像文文坐著一晃一晃的紅色轎子圍著畫眉村走一圈的景象。那時候的文文肯定會偷偷掀起簾子，看看外面陌生的山和水，剛好看見一群大人小孩趕來看新娘。文文會給他們一個善意而幸福的笑容。

現在把結婚用的轎子上的紅紙撕下，將白紙糊上，就成了出葬用的轎子了。矮婆婆坐上去，乾咳了幾聲，就開始哭泣。誰也不知道她是為了敷衍送葬的習俗，還是真心為了剛過門的兒媳婦。

爺爺聽說第二天就要埋葬文文，急得馬上去追送葬的隊伍。爺爺在老河旁邊攔住了送葬的隊伍，說；「還沒有過七呢，怎麼可以埋葬？」畫眉村這一塊有這個風俗——人死後要在家裡放七天才可以埋葬。說是魂靈出竅後會對生世產生留戀，不願意急急回到陰間。因此，要在家裡放上七天七夜，讓它看看家裡的各個角落，然後毫無牽掛地離去。如果提前埋了，魂靈還會尋機回來。

金伯放下裝紙錢的籃子，走過去將爺爺推開，說：「我的祖宗呀，再等幾天，不知道又要出現什麼怪事呢！」

忽然一陣大風刮過來，籃子裡的紙錢飛了出來，像白色的蝴蝶一樣在送葬的人群中翩翩起舞。

爺爺驚道：「你的意思是先前就出現了什麼怪事？」

金伯將手放在爺爺的耳朵上，爺爺連忙彎下腰聽金伯悄聲細語。爺爺聽完，兩眼圓睜：「這麼說來，她已經……」

爺爺朝送葬隊伍追跑的時候，我也跟在後面。那時候的爺爺健步如飛，我追得非常吃力，好不容易爺爺停下來了，我感覺自己的呼吸差點都斷了，肺部沉得吸不進氣。爺爺說出「她已經……」，我就知道後果有多麼嚴重了。像箢箕鬼，至少還有個親爹，怨結不是很深。像水鬼，山爹媳婦給兒子解開了怨結，山爹給他媳婦解開了怨結，而最後老水牛又給山爹解開了怨結。頭兩次雖然留下了一些漏洞，給後面造成了一些麻煩（後面會給大家說的，暫時給大家說一下，簸箕鬼的遺漏在釘竹釘，水鬼的遺漏在埋葬地），至少暫時緩解了危機。但是現在死的是在這裡沒有任何親人的文文，誰能給她解開怨結呢？

19

爺爺呆立在傍晚的微風裡，看著送葬隊伍重新緩緩起步，白色的冥紙重新飛舞起來，斷斷續續的鞭炮重新響起來。

但是，恐怖的事情並沒有隨著文文的埋葬而銷聲匿跡。埋葬後的第五天，也就是文文死後的第七天，月亮剛剛升起，人們剛剛睡下的時候，矮婆婆家裡又響起一聲刺破耳膜的尖叫！

第五天的夜裡爺爺特別警惕，盤坐在床上沒有睡覺，似乎他早就料到了這聲尖叫。爺爺當時一躍而起，兩隻腳往拖鞋裡一塞，踢踢踏踏地就向矮婆婆家跑去。我聽見爺爺房裡的聲音，也立即跟著起床出來。說實話，我看見穿著紅嫁衣的文文已經有些害怕了，但是好奇心特重的我戰勝了害怕，何況爺爺也在呢。

那夜沒有月亮，繁星佈滿天空，像天幕被人扎了無數個漏洞。光就從那些漏洞裡透過來，平白增添了幾分恐怖的氣氛。

我和爺爺跑到矮婆婆的家門前，看見矮婆婆躺倒在窗戶下，正是矮婆婆發現上吊的文文的位置。她可能是驚嚇過度暈了過去。我和爺爺連忙扶起矮婆婆上身，讓她坐起來。爺爺掐住她的人中，指甲都掐到肉裡去了，才將矮婆婆掐醒。矮婆婆口裡咕嘟咕嘟幾下，說不出話來。爺爺說：「她被痰卡住了喉嚨，你在她背上用力拍。」我馬上用力地拍矮婆婆的後背。爺爺說：「力氣不夠。」

我更加使勁地拍矮婆婆的後背，拍得咚咚響。我真害怕她這把老骨頭經不起我這樣狠拍。沒想到矮婆婆咳嗽了一聲，吐出一口痰來。

「鬼！鬼！鬼！」她說，然後又咳嗽。

「在哪兒？」爺爺問，抬頭掃視四周。

矮婆婆抬起手指著門的正前方，那裡是一棵桃樹。那是一棵桃子長到乒乓球大小便不再長的桃樹，果子又苦又澀，根本下不了口。不知道是不是水土不服，還是這一帶的桃子都這樣。

我向桃樹看去，沒有看見任何東西。

爺爺眼睛盯著桃樹說：「她果然在那裡。」我擦擦眼睛，再仔細看去，桃樹下果真站著一個「人」！

桃樹擋住了月光，她站在桃樹的陰影裡，一動不動，難怪我不仔細看發現不了她！我仍然看不到那個人的臉，她的臉被一片樹蔭擋住。那個人身上穿著的正是紅色的新嫁衣！

那個站在桃樹下的人靜靜地立在那裡，不知道她那雙眼睛看著我們三人中的誰。我不禁毛骨悚然！

正在此時，金伯也聽到聲音趕了過來。金伯也看見了桃樹下的紅嫁衣。金伯的聲音顫抖著：「那天不是在窗臺上嗎？她難道——從墳墓裡——爬出來又穿上了？」一邊說一邊腳朝後縮到爺爺的後面。

我們也不敢輕舉妄動。她也不向我們靠近，也不離去，直直地站在那裡跟我們僵持。爺爺警告大家說：「不要到桃樹的陰影裡面去，我們等她出來。」以前聽爺爺說過，在晚上不要隨便經過桃樹，不能踩到桃樹的陰影。這樣很容易丟了魂魄。晚上的桃樹蔭影是人界與鬼界之間的通道，陰氣重得很。所以她不出來，我們是不能隨便走過去的。

又僵持了一會兒，爺爺撿了塊硬土扔過去。泥土落在紅嫁衣上，發出「撲」的悶響，那人沒有任何反應，只是默默站著。金伯見那人不動，膽子大了，取下屋簷下的晾衣竿，輕輕地捅了兩下那個人。那個人竟然倒下了！

爺爺和金伯躡手躡腳走過去，看清了那人的臉，竟是馬兵！馬兵目光直愣愣的盯著走過來的金伯，奄奄一息地說：「不要勒死我，饒了我吧！」

馬兵的手死死掐住自己的脖子，不停地說：「不要勒死我，不要勒死我，不要勒死我。」爺爺費了好大力氣才將他的手扳開。只見馬兵脖子上留下一條血紅色的痕跡，極像文文脖子上那條！

我們倒吸一口冷氣！

金伯指著馬兵的勒痕，結結巴巴地問爺爺：「這，這，這不是文文脖子上的勒痕嗎？一模一樣！一模一樣！人的手怎麼可能勒成這樣呢？」那條勒痕細而長，在喉結上方向兩頰延伸。

爺爺按著馬兵的手說：「吊頸鬼上了身就是這樣子。她已經找回來了。」

爺爺一提到吊頸鬼，我就想起電視電影裡面舌頭吐出三尺長兩眼上翻的吊死鬼模樣。雖然我沒有真正見過吊頸鬼，但是這樣一想便渾身冰冷像在冰窖裡一般。後來我才知道吊頸鬼的舌頭根本沒有那麼長，不過是吐出的鮮紅舌頭蓋住了下唇而已，乍一看不知道下面的是舌頭，還以為是下唇被打腫了。

此時我們已將馬兵抬進屋裡，躺在床上的他仍抵抗爺爺的控制，兩隻手要舉起來掐自己的脖子。金伯急得團團轉。矮婆婆此時已經虛脫一般，坐在一旁垂著頭。我想起四姥姥的話，怕鬼的話鬼更加侵害你。矮婆婆也是好強的人，照道理應該不比四姥姥弱，但是大概「做賊心虛」，她沒有面對吊頸鬼的底氣，自然會害怕。

馬兵畢竟是壯年人，力氣比爺爺大多了，他終於掙脫爺爺的控制，雙手死死掐住自己的脖子，把自己掐得兩眼突出，似乎眼球要從眼眶裡迸射出來。舌頭漸漸吐到嘴唇外面來。金伯連忙換上爺爺接著按住馬兵的手。金伯喘氣道：「我也按不了多久啊，他的力氣比牛還大。你得想個辦法啊！」他把求救的眼光投向爺爺。

爺爺轉頭對我說：「亮仔，你去弄兩升米來。」

金伯一邊按住馬兵一邊對我說：「矮婆婆家裡就有，你去左邊的房裡，門後面有一個米缸。你在那裡面勺一些就可以了。」

我馬上按吩咐勺了兩升米，裝在塑膠袋裡，然後拿給爺爺。

在我看來，米跟魂靈有著說不清道不明的關係。道士作法、死人出葬、春天挖土，都要用到米。我到現在還不知道米對那些事情到底有什麼作用。爺爺曾經說過：「米要生米。生米對死物有相互作用。」當時讀初中的我從物理老師那裡學得：「力有相互作用」。「力的相互作用」我倒是明白了，但這個「相互作用」在大米方面的解釋我一直不是很清楚，但大概解釋也應該差不了太遠。

20

爺爺接過白米，並沒有像我想像的那樣立即動手。爺爺蹲下來，很認真地看著我，語重心長地說：「亮仔，你也看爺爺捉了幾次鬼了，以後不知道還會不會碰到更加厲害的鬼。」

我不知道爺爺要說什麼，只是不住地點頭認真聽。

爺爺用力捏了捏我的肩膀，一陣疼痛鑽入我的肌膚：「像水鬼那次，不是山爹讓著我的話，恐怕我一個人是對付不了的。鬼有很多種，怨氣越重的越厲害。這次文文的怨氣太重了，你嗅嗅這裡的空氣，有股豆豉的味道。這就是我們所說的怨氣。」

我狠狠地吸了兩下鼻子，並沒有聞到豆豉的味道。我想可能是我的道行沒有爺爺深的原因吧。

爺爺接著說：「我以後還有很多地方需要你的說明，你就這樣沒有一點捉鬼的知識和道行是不行的。從現在開始，你要跟我好好學一些這方面的東西。最好最後能夠超越我的能力。」

我雖然喜歡跟著爺爺捉鬼，卻沒有想過要超越爺爺的能力，幻想有一天自己單手能夠捉鬼。因為媽媽經常教育我要好好學習，其他旁門左道的東西能不接觸就不接觸，省得分了學習的心，將來還得靠書上學來的東西吃飯。

說到書，我又記起爺爺的那本沒有封面的古書。我不禁暗暗責怪爺爺，說得好聽要我學會捉鬼的知識，可是那本神奇的古書都不給我開開眼界。

爺爺停頓了一會兒，慎重地對我說：「現在我就需要你的說明了。」

我驚訝道：「我現在還沒有一點能幫你的能力呀，就是要我幫你，也得以後慢慢學了才會，你剛剛說要我學，立即就要我幫你。這怎麼可能呢？」

爺爺說：「我要借你的身體用用。」

我迷惑道：「借我的身體用用？我倒是願意答應，可是怎麼借給你啊？」

就在我說話的同時，我看見爺爺的眼睛朝我笑笑，笑得很詭異。我竟然清清楚楚看見爺爺的瞳孔漸漸變大，黑漆漆的瞳孔居然跳出了眼眶，繼續變大，變得如燒豬食用的大鍋！

我想眨眼，可是眼睛動不了，它已經脫離我的指揮。爺爺的瞳孔還在變大，最後我的眼前被爺爺的瞳孔覆蓋，我什麼也看不見了，漆黑一片，眼前的景物全部消融在一片可怕的黑暗之中。

我以前從來沒有過這樣的經歷，以為自己中了邪，慌忙大喊：「爺爺，爺爺！我看不見了！」

一陣幽幽的聲音彷彿從極遠的地方飄來：「不用慌，孩子。我借你的身體用用，你暫時看不見是正常的。」我意識還很清晰，能辨別出這是爺爺的聲音。爺爺就在我旁邊，可是聲音很虛幻。

我的身體不再聽我的使喚，手自動伸出，接到一個東西。我的觸覺還很敏感，能猜出那是爺爺遞過來的一袋白米。手自動伸進塑膠袋裡抓了一把米，撒向正前方。腳步也動起來，來來回回地走動。

「啪！」一個響亮的巴掌。我猜想是爺爺摑了馬兵一巴掌。因為馬兵「哼」了一下。金伯忙驚訝地問爺爺：「你打他幹什麼？」

爺爺回答說：「我打的是文文。」我心裡一冷，難道文文就在旁邊嗎？

金伯問：「文文在哪裡？我怎麼沒有看見她？」

爺爺說：「她在馬兵的體內。我要把她趕出去。」我仍腳不停地走動，手不斷地撒米。我提高聽覺來感知周圍正在發生的事。

「啪！」又是一個響亮的巴掌。

爺爺怒道：「妳還不快滾出去？妳縱使有再大的怨氣，自己去找閻羅王算帳，怎麼能待在人間糾纏？閻羅王雖然因為總算的日子忘記了妳的魂靈，可是總有記起來的時候！不會讓妳在人間胡作非為！」

說完又是一個響亮的巴掌。

爺爺似乎正在跟一個站在他跟前的人吵架，氣勢洶洶地大罵道：「不知天高地厚的妳！妳不走我就一巴掌一巴掌摑死妳！我知道妳是吊頸鬼，脖子不怕疼，但是妳的臉也不怕疼嗎？妳的臉能經得起我的摑嗎？妳再掐，妳再掐我摑死妳！」

又是幾個響亮的巴掌。

金伯哀求道：「馬師傅，他的嘴都出血了，再打恐怕馬兵的身體受不了啊！你下手輕一點兒。」

爺爺說：「金伯你不知道，對付這樣的鬼就要下狠手，不然她不怕你！」

金伯說：「你嚇唬嚇唬就可以了，真打的話他的臉都要腫成豬肝了。」

爺爺說：「臉打腫了還可以消，要是被掐死了就沒有第二條命了！」說完接著又一巴掌！

這時，我的嘴巴自動說出話來：「天道畢，三五成，日月俱。出窈窈，入冥冥，氣佈道，氣通神。氣行奸邪鬼賊皆消亡。視我者盲，聽我者聾。敢有圖謀我者反受其殃！」

我的咒語剛唸完，就聽見金伯驚喜地喊道：「別打了別打了，他沒有掐自己了。」我聽見爺爺重重地籲了一口氣，接著我也恢復了知覺。我的手腳麻酥酥的又癢又疼，好像坐了太久突然站起來似的。

我看見馬兵的手仍然放在脖子上，不過手指懶洋洋地放開來，不再掐住。他的臉上無數個指印，是剛才被打的。嘴角出了一點血。奇怪的是喉結上方的像麻繩勒出一樣的血淤消失了，像沒有存在過一樣。那應該是代表著吊頸鬼已經離開。

再看爺爺，大汗淋漓，兩眼通紅，極度疲憊的樣子。十幾年前的爺爺比我讀大學時的爺爺皺紋要少多了，但是那時剛剛驅趕走吊頸鬼的爺爺皺紋陡然深了許多，比上大學後我看到的皺紋還要嚴重。可見這個吊頸鬼的怨氣確實太重，剛剛爺爺既要繼續自己的動作，又要控制我的動作，相當於同時做兩個人的事，體力消耗相當於普通人的兩倍。

在之前的記憶裡，我以為爺爺是個地地道道十十足足純純正正的農民。後來發現爺爺會掐會算，覺得很新奇。後來居然幫人家捉鬼，我更加欽佩爺爺。

現在居然連活人也能控制，我非常驚訝。真不知道爺爺以後會不會出現更加匪夷所思的事情呢？我非常期待，同時也藏有私心——想學會爺爺的一些本領。

「那你後來跟著你爺爺學了那些稀奇古怪的東西了嗎？」一個同學迫不及待地問道。

「對不起，今天的故事就講到這裡了。」湖南的同學眨了眨眼，示意時間已到。

那個同學罵道：「哎，文文也真是太可憐了，不過騙婚的人也是罪有應得，結局大快人心啊！現在的騙子太多了，騙人騙財的到處都是，都該受到懲罰！」

「時間不早了，大家好好睡覺吧。明天早上還要參加晨讀活動呢。」湖南的同學說道。

大家快快離去。

我的心裡，好像缺了一點什麼東西。

迷路

21

又到了午夜零點零分。

湖南同學搓了搓手，說：「天氣有點冷哦。午夜，寒冷，這更是一個講詭異故事的好氣圍。問你們一個問題，如果你們走在一條很熟悉的道路上，突然前方出現一條從來沒有見過的小岔道，你們一定會大吃一驚吧？」

我說：「今天晚上的故事跟道路有關嗎？」

湖南同學點點頭：「是的。我接著昨天晚上的地方開始吧。」

滴答，滴答，滴答……

接著王寶（同宿舍的人，跟我對床）昨晚問的地方說吧。後來爺爺不但教了我一些捉鬼的方法，還送給我一個奇怪的火柴盒，盒子裡裝著幾根奇怪的火柴棒。在危急的時候，那幾根火柴能幫我不少忙。不過，對付這個吊頸鬼的時候，爺爺還沒有將火柴盒送給我。

馬兵暫時是好了，可是吊頸鬼一定還會找機會來對付他，這是爺爺說的。因為即使是再弱的鬼，怨結不化解開，鬼就不會消失。爺爺還說，有些鬼你是不可能知道怨結的，這並不是說這些鬼就沒有怨結，只是怨結發生的時候你不在場，你無從找到怨結的所在。碰到這樣的鬼，只有道士或者會道術的人才可以招收。

於是，我猜想歪道士破廟裡的鬼肯定是沒有找到怨結的，歪道士怕那些鬼危害他人，就把它們招收到破廟裡，和長相醜陋的他居住在一起。我胡思亂想，如果歪道士來對付這個吊頸鬼，將它招收起來，是不是就省掉了許多麻煩呢？

當然，歪道士最後也沒有參與捉吊頸鬼的事情中，一切都是我的胡思亂想。可是矮婆婆等不及了，她要親自對付吊頸鬼。

第二天，馬軍推著輪椅出門時，看見矮婆婆正在院子裡削竹子。竹葉竹屑滿地都是。馬軍不明白他娘在幹什麼。

馬軍問道：「媽，馬兵還沒有好呢，需要您的照顧，我又癱著兩條腿幫不上什麼忙。您還花時間弄這些青嫩的竹子幹什麼，不能燒不能吃的。」

矮婆婆頭也不抬，一邊削竹子一邊說：「我這也是為你弟啊。我要削幾個竹釘，在文文的墳墓上釘住東西南北四個方向，省得她又來害你弟弟。」後來我才知道，用竹釘釘墳墓的方法有很多老一輩的人都懂得，並不是只有爺爺知道。在這一帶，人活到了一定的年紀，多多少少懂得一些對付鬼的基本方法，即使沒有人告訴他們。我不知道這是為什麼。上大學後我也沒有做過調查研究——是不是別的地方也有這樣的情況。

馬軍問：「幹嘛要釘文文的墳墓？這有用嗎？」

矮婆婆說：「這樣可以釘住魂靈的手腳，讓它痛不欲生，行走不得。就像鐐銬銬住的人一樣。它就不能來害人了。」馬軍默不做聲，用手推著輪子，回屋內去了。

竹釘。

爺爺預知了吊頸鬼晚上還會來，卻沒有料到矮婆婆會去文文的墳墓上釘竹釘。

矮婆婆不敢白天去文文的墳墓釘竹釘，怕人家閒言閒語說她心狠，逼死了活著的文文還要折磨做了鬼的文文。她等到太陽下山，炊煙升起，人們幹完農活回了家抽菸喝茶的時候，偷偷溜到文文的埋葬地……

牆角的土蟈蟈開始叫了，月亮也已經出來，馬兵又開始掐自己的脖子。

我和爺爺被金伯叫到矮婆婆家，幫忙照顧馬兵。

爺爺問：「矮婆婆哪裡去了？自己的兒子還沒有好就到處串門了？」矮婆婆平時喜歡串門和婦女們聊天，唧唧喳喳的像個老麻雀。只要哪裡有歡聲笑語，肯定少不了她在場。

金伯這才想起矮婆婆不在這裡，忙叫來馬軍詢問。

馬軍說：「我看她到將軍坡那邊去了，也不知道幹什麼現在還沒有回來。」馬軍其實知道他娘幹什麼去了，只是不願意讓別人知道。

金伯問道：「什麼時候去的？」

馬軍說：「吃了晚飯出去的。」

金伯納悶道：「那到現在應該回來了啊。怎麼還不見人影呢？」

馬兵嚎叫起來：「我要掐死你，我要掐死你！」一邊說一邊狠命地掐自己的脖子。金伯和爺爺怎麼按也按不住，只好叫我拿來麻繩將他捆住。但是馬兵仍然拼了命地掙扎，像瘋狗一樣亂叫。

金伯急得不得了，又操心矮婆婆晚了回來會不會在路上跌倒摔傷，於是叫上幾個年輕人準備一起去將軍坡那邊尋找矮婆婆。

爺爺猜疑道：「可能是迷路了。」

金伯嘲笑道：「矮婆婆在這裡生活了三四十年了，怎麼可能迷路！」

爺爺說：「我的意思是矮婆婆恐怕碰上迷路神了。」

我一聽，插言道：「迷路神是什麼神仙？」我以前聽過各種神話，能說出名字的神仙不少，可是從來沒有聽說過迷路神。

金伯幫爺爺解釋說：「迷路神可不是什麼神仙，那是一種特殊的鬼。如果在比較晚的時候你還在荒山野嶺趕路，並且還有心事的話，就很可能碰到它。或許矮婆婆走路太急，沒怎麼提防，中了迷路神的法。」

馬軍在旁邊急忙問：「那會不會要了我娘的命啊？」

金伯責罵馬軍道：「從你嘴裡能說出點好事嗎？你是不是盼著你娘早點出事啊。迷路神倒沒有水鬼、吊頸鬼可怕。這種鬼在最熟悉的路上最容易遇上。」

我聽了不解，將信將疑地問道：「在最熟悉的路上最容易遇上？這又是為什麼？最熟悉的路上不是最難迷路嗎？陌生的路才可能迷路呢。」

「要是在不太熟悉的路上，你就會細心地看路，生怕走錯。這樣，迷路神很難使你中法迷路。要是在你走了千百遍的路上，你根本不想哪條路是對的哪條路是錯的，左腳還沒有放下右腳就跨出去了。等你突然發現前面的路不對勁，就晚了。」金伯解釋說。

爺爺點點頭，吩咐幾個同來的年輕人說：「別閒話了，快去找吧。千萬別大聲叫喊矮婆婆的名字，晚上容易把人的魂給喊走的。」

爺爺和我照顧馬兵，金伯帶幾個人上將軍坡那頭去了。我看見遠處將軍坡那頭幾個電筒光晃來晃去，像新墳上的長明燈。

可是半夜時分，他們都垂頭喪氣地回來了。

金伯搖頭說：「我們到處都找了，沒有看見矮婆婆的影子，也沒有聽見矮婆婆的聲音。是不是她沒有去將軍坡？」

馬軍堅持說：「她一定去了那裡。」因為當時只有馬軍知道矮婆婆早上削了竹釘要釘文文的墳墓。

「那也沒有辦法了，我們用手電筒到處照了，就是沒有看見。」金伯攤開雙手說。

我們也束手無策，只好一面擔心矮婆婆的安危一面好好照顧馬兵。

綁在床上的馬兵十分難受，手不停地使勁地想掙脫麻繩的捆綁，手腕處磨破了，血將麻繩染紅。他整個臉變了形，鼓著嘴巴用力咬著牙齒，好像在受烙刑，似乎一塊烙鐵貼在他的背後，慘不忍睹。

22

第二天早上，雞叫三遍，馬兵才舒緩下來，沉沉地睡去。我和爺爺還有金伯都精疲力竭，昏昏欲睡。打開門來，送我們的馬軍首先發現了躺倒在地坪裡的矮婆婆。馬軍大叫一聲：「娘呀！」

我們這才看見躺倒的矮婆婆，她臉色極度蒼白疲憊，頭髮和眉毛上滿是夜霜，乍一看來是個陌生的白髮蒼蒼的老人。馬軍以為她死了，號啕大哭。我們連忙振奮精神，七手八腳把矮婆婆抬進屋。金伯弄來一條熱毛巾給矮婆婆擦臉。爺爺伸手一探鼻息，還有微弱的呼吸，馬上要我去村口叫醫生過來，又叫馬軍去煮點熱湯。

醫生來了，給矮婆婆打點滴。馬軍給她餵了幾口熱湯，矮婆婆才醒過來，眼光弱弱的，如即將熄滅的燈。

馬軍又煮了些麵，給我和爺爺還有金伯吃了些。當時我就有些猜疑，為什麼他們家就喜歡煮麵條吃呢。矮婆婆也是結婚的頭一天給文文端一碗麵條。我在爺爺家住的日子裡，經常見他們吃麵條，很少見到他們正正經經地煮飯炒菜。

文文出事後，我也聽到有些多事的婦女討論：「他們家文文上吊就是因為老吃麵。麵條就像吊頸用的繩子一樣。」當然了，這是一幫閒人隨便猜想而已，不足為信。我也只是這樣想想便過去了。

馬軍見矮婆婆醒過來了，便焦急地問道：「娘呀，妳到底怎麼了呀？」

「我也納悶呢，在那條道上走了幾十年，沒想到還有迷路的時候！就在將軍坡那裡，走著走著，突然發現前面有個岔口。我想不對呀，這裡哪來的岔口？肯定走錯了，我罵我自己老眼昏花，走了幾十年的這條路居然還走錯。我轉過身來要回到原來的路上去。可是我一轉過身就傻了……」矮婆婆細聲道。

「怎麼了？轉身怎麼了？」馬軍迫不及待地問。矮婆婆指指那碗湯，馬軍馬上端過去餵了一匙。

矮婆婆喝下，嘴巴顫動。她回想起來還心有餘悸。

「我的媽呀！我轉過身來一看，居然也是岔口！將軍坡那塊我還不熟悉嗎？樹高草多路直，哪條道走向哪兒比我的十個手指頭還清楚。這不是邪門嗎？」矮婆婆說的時候手在抖，眼睛裡透露出恐怖。

「那妳怎麼辦？」我問。

「能怎麼辦？我只能硬著頭皮選了條路就往回走。我想，這麼巴掌大的將軍坡，還能使我迷路？就是亂走，也會走出這巴掌大小的地方吧。」矮婆婆說。

爺爺在旁邊插上一句：「完了，中迷路神的計謀了。」

矮婆婆接著自己的話頭說：「我回身走了一小段。咦？前面又是一個岔口。沒辦法了，又選了一條道走，除了這樣我還能怎樣呢？走了一小段，還有一個岔口！這下我心慌了，月亮都出來了，我得準時回家呀。我又急又慌，往前走也是岔口，往回走也是岔口，左邊道右邊道都試了，好像路的兩邊都是無窮盡的岔口，根本就沒有將軍坡的那種直路！可是我抬頭一看，我在將軍坡啊，村裡明亮的燈火就在前面呢。我低頭一看，那個將軍墳就在不遠的松樹林裡呢，可是這路怎麼走怎麼不是。」話說這個將軍坡裡埋過一個朝代不明的大將軍，我讀初中的時候，將軍墳還在那裡，現在不知道是否還在。

爺爺說：「剛出現岔口的時候你就不要走進去，要馬上退回來。你一走進去就中了迷路神的陷阱。」

矮婆婆嘆口氣說：「將軍坡的路我最熟悉了，誰知道居然這次栽跟頭了？我的牛啃過那裡的每一棵草呢。」

「後來怎麼了？」我問。

「能怎麼了？我是又餓又累又睏。心想反正走不出去了，八成是碰了鬼。乾脆靠著一棵松樹休息，那時候太睏，眼皮一合上就睜不開了。」

「那你怎麼又找回來了？」金伯問。

「鬼都要在太陽出來之前走的。迷路神的法也會解開。」爺爺幫忙解釋說，「這時就可以看清路了，但矮婆婆體力不行，昨晚又折騰了很久，到地坪就沒有力氣了。」矮婆婆點點頭，表示爺爺猜得很正確。

「我們昨晚也找到了將軍坡，可是也沒有看見妳呀！」金伯一臉的疑惑一臉的疲憊。

「可能是迷路神給你們也引了一條錯誤的道路，讓你們沒有經過矮婆婆那塊地方。」爺爺說。

「我敢肯定我在將軍坡。」矮婆婆堅定地說，「今天早上我一睜開眼，天哪！我就在原來的路上，再一看，我靠著睡覺的那棵松樹四周的草被踩得稀爛。原來昨晚我一直繞著這棵松樹轉呢！」我們後來知道了，因為那晚遇到迷路神，矮婆婆的釘竹釘的計畫沒成。

我們大嘆奇怪。

金伯說應該砍了那棵松樹，馬軍說必須燒香祭拜那棵松樹。

我心想：走熟路時像走生路一樣謹慎一些，迷路神不就沒有法了嗎？何必傷害或者奉承那棵樹呢？

金伯把詢問的眼光投向爺爺：「迷路神的事情會不會跟吊頸鬼有關？」

爺爺搖搖頭，說：「昨晚馬兵的表現證明吊頸鬼來了，不會在將軍坡跟矮婆婆糾纏。這次遇到只是碰巧。並且，如果要逃出迷路神的法很容易，只是不知道的人覺得找不到出路。」

我問：「怎麼找到出路？」

爺爺說：「萬一出現了這樣的狀況，不要驚慌。你低頭看樹影，不要看樹。迷路神不能幻化月亮投在地上的陰影，所以你只要看著樹影，從樹影裡走出來，沿著月光走，就可以走出來了。」

矮婆婆無心聽怎麼逃避迷路神，一心想著她的兒子。她不無擔憂地說：「昨晚馬兵又那樣了嗎？那就是說文文還會來找他啦？這樣沒有盡頭怎麼得了啊！」

爺爺抱怨道：「還不是你們自己作的孽！」

矮婆婆和馬軍頓時羞愧得說不出話來。

爺爺又說：「不過這樣下去也不是辦法，死的已經死了，活著的還是要活下去。馬兵可不能就這樣。他還要過日子呢。可是現在我一個人對付不了，要是我的外孫會點捉鬼的手法多好啊。呵呵。」

爺爺說完把期盼的眼光看向我，我卻仍然為了爺爺不給我看那本神秘的古書悶悶不樂。爺爺知道我的心思，只是憨憨地笑笑，並不主動提到古書。

跟爺爺混了這麼久，稍微知道了些對付鬼的基本知識，但是我更想擁有更多更厲害的知識。萬一一個人碰到了鬼，可以輕鬆地將它解決掉，那是多麼爽的事情啊！甚至跟鬼臉不紅心不跳地打交道，像歪道士那樣通曉跟鬼交流的本事！那多好！

23

矮婆婆虛驚一場，但是並沒有死心。

她又一次懷揣著竹釘經過將軍坡到了文文的墳上，不過這次不是在晚上才行動。她中午提著一個籃子假裝去摘菜，籃子裡裝著竹釘，用幾塊菜葉遮蓋。她也不考慮人家會不會懷疑她怎麼帶著菜去摘菜。

她用一塊石頭將竹釘圍著文文的墳墓釘了一圈，然後若無其事地回來了。

可是一到晚上，馬兵仍然拼命掐自己的脖子，掐得口吐白沫。矮婆婆急得不知道怎麼辦才好，只好又慌忙叫來爺爺和金伯重新死死捆住他。

我們一進門就聽見馬兵的嚎叫，聲音甚是淒厲。矮婆婆快速衝進屋裡，拉開馬兵掐在脖子上的手。馬兵已經奄奄一息了，臉上的表情古怪，像是在哭又像是在笑。我注意到，他那稍稍表現出來的笑意跟文文剛剛到畫眉村時給眾人示出的笑容很像！而哭的樣子特別像文文剛從吊繩上取下來時的苦相臉！

我不禁汗毛倒立！爺爺和金伯似乎也發現了這一點，都吃了一驚。我暗自驚問，這就是鬼上身的模樣吧？答案很明顯。

爺爺和金伯按住馬兵的手。矮婆婆去偏屋取麻繩的時候，發現馬軍正拿一塊抹布擦輪椅上的泥巴，矮婆婆突然明白了什麼。

「是不是你在我後面去拔了竹釘？是不是？老實告訴我！難怪你弟弟還是發作掐自己！」矮婆婆氣憤地問馬軍。

馬軍停住擦輪椅的手，默默地不做反應。

矮婆婆按捺不住怒火，丟下手裡的麻繩，一把推翻馬軍的輪椅，大聲罵道：「你這沒有心肝的驢子！不知道心疼自己的兄弟！你想要了你兄弟的性命嗎？他這樣不也是為了你嗎？你怎麼就這麼狠心呢？」矮婆婆越罵越氣，拾起門後的掃帚抽打躺在地上爬不起來的馬軍。我們攔也攔不住。

馬軍並不反抗，任由掃帚抽到身上，也不用手遮擋。

矮婆婆邊抽打兒子邊哭訴道：「我不也是為了你嗎？不是怕你老大沒媳婦沒兒子沒人養嗎？現在你弟都這樣了你還跟我作對，我這是前世做了什麼孽喲！」

馬軍也流淚了，只是輕輕地說了句：「我不想文文做了鬼還要像我這個癱子一樣不能動彈啊……妳釘住了她，她就和我這個癱子一樣啦……」

矮婆婆聽大兒子這樣一說，眼淚更是止不住地流下來，丟了掃帚，垂手低頭立在一旁啜泣。我們勸也不是，不勸也不是。

這時馬兵的嚎叫打斷了我們的沉默。爺爺撿起地上的麻繩，我們幾個人一起默不作聲地捆住掙扎的馬兵。馬軍和矮婆婆還是呆立在一旁。

金伯看馬兵的樣子實在太慘，怯怯地問爺爺：「你可以不可以再作一次法，緩解一下馬兵的痛苦啊？」

爺爺無奈地說：「這個怨鬼太厲害，我一個人實在對付不了。」

金伯說：「要亮仔也幫幫？」

爺爺說：「要再像上次一樣，我的體力不行了。控制不了一會兒，恐怕將鬼惹怒了後果不堪設想。」爺爺說過，有時候鬼的脾氣像蛇一樣，你不惹它它不惹你，如果惹怒了它，那將是非常麻煩的事情。即使道行很深的道士，有時候也不能逆了鬼的意，如果順著它的意思更能制伏它。俗話說：「見人說人話，見鬼說鬼話。」但是還有一點別人不常懂得，那就是：「見了什麼樣的鬼還得說什麼樣的鬼話。」

有的害人的鬼，你不能軟弱，必須不懼它。有的鬼本來就怨氣很深，如果你還跟它作對，那是不明智的。比如這個吊頸鬼，本來就對馬兵有很深的怨氣，如果你還屢屢犯怒它，它會變本加厲地回報你。這樣的鬼只能找個比較平和的解決方法。這和跟人交往的方式有些類似。

這些都是爺爺平常給我講的，其實他在潛移默化中教授了我一些相關知識，但是我一直對那本古書耿耿於懷，忽略了爺爺的這些好處。

馬軍突然說話：「娘，金伯，岳雲叔，你們不用為這個事操心了。我的事情我自己去解決，解鈴還須繫鈴人。」

矮婆婆哭著撲打大兒子的胸脯，悲傷地說：「都是我不好，都怪我想出這個歪主意，害了人家姑娘的性命，也折騰自己不得安身！兒子我對不住你呀！」

矮婆婆又對著在床上奮力掙扎的馬兵磕頭：「文文，文文，我知道妳在這裡。妳饒了我兒子吧。都是我做錯的事，妳要責怪就來找我吧！妳折磨我害我都是應該的。妳來害我吧，我絕無怨言！」

馬兵用仇恨的眼光看了矮婆婆一眼！那個眼神不是馬兵對母親可以發射出來的！那是文文憤恨的眼神！

我和爺爺還有金伯都不禁後退了幾步，我感覺一陣寒氣撲面而來！

馬軍爬到矮婆婆旁邊，抱住他的母親哭道：「找我吧，來找我吧！真正害妳的人是我！不要再折磨我的弟弟了！」他們母子倆抱在一起，泣不成聲。

金伯也幫忙說話了：「文文，妳就饒了他們吧，妳發發善心！」

馬兵不理會他們，仍舊在床上掙扎不已，嚎聲陰森。

3

第二天，馬軍花費了一番工夫，在文文的墳旁邊搭起了一個簡易的草棚，然後抱著文文的墓碑哭道：「我知道我對不住妳，但在我心裡妳已經是我過了門的妻子，死了還是。從今天起，我就在妳旁邊住下，為妳掃墓，為妳點長明燈，給妳擺供品，陪妳說話。別人怕妳，想法子對付妳，我不怕，我不對付妳。如果妳還記著生前的仇恨，妳就先報復我吧！」

矮婆婆勸說了一番，要馬軍回家，馬軍不聽。矮婆婆只好妥協，幫他拿來了一些簡單的生活必需品，並且按時給他送去糧食和油鹽。

從此以後，人們經常看到埋葬文文的那個地方有微弱的火光，那不是鬼火，是馬軍在給文文燒紙錢；人們每晚都可以看見那山上有一點在風中搖晃的光亮，那不是鬼眼，是馬軍掛上的長明燈。

馬兵昏睡了數天後終於清醒，只是脖子上那條紅色的痕跡很久都沒有辦法消除。有一次他到爺爺家來表示感激，我邀請他喝點酒，他擺擺手說：「不了，我稍微喝點酒，這裡就疼得不行。」他指指脖子上的印記。

滴答，滴答，滴答……

故事在滴答聲中開始，在滴答聲中結束。

「那句話說得很對，人最容易在最熟悉的道路上出錯。當官的貪污、經商的逃稅，不都是在自以為最拿手的地方跌倒嗎？」舍友王寶激情四溢地總結道。

「是啊。」湖南同學笑了笑。

「看來這也是一個寓言故事嘛。」我說。

這次大家很自覺，見時間已到，都乖乖就寢了。

正氣

24

零點零分。

宿舍一片安靜。

湖南的同學喝了一口水，開始給我們幾個眼巴巴望著的人講他的詭異故事了……

馬軍搬到文文墳墓旁邊後幾個月，爺爺五十五歲的生日到了。爺爺邀請親戚朋友鄰居一起吃飯。馬兵也來了，他不時用筷子撓撓脖子的紅色痕跡。我問他幹什麼。

他說：「癢。經常這樣。」

我說：「是不是炎症？怎麼不去看看醫生呢？」

他說：「怎麼沒有去看，醫院跑了十幾家，都說我這裡是繩子勒的，過兩天自然消褪了。可是，你看，怎麼也消不了，只怕是要跟我一輩子了。」

爺爺責怪道：「你怎麼不早跟我說呢？我倒有解決的辦法。」

馬兵說：「我找了這麼多醫院都不行，您比那麼多的醫生還善於治療我這個病痛嗎？您說來聽聽。」

爺爺說：「吊頸鬼的舌頭縮不進口，所以她讓你的脖子也沒有舒服的日子。你回去把文文上吊的那根房樑鋸斷，脖子上的印記自然不久後就會消褪。」

我又問爺爺：「馬軍一個人在那裡不怕嗎？」

爺爺笑說：「他現在正在和文文說話呢。」

我說：「你怎麼知道他現在正和文文說話呢？你又看不到他。」但是我同時想到了捉箢箕鬼時爺爺在隔壁房間突然說：「馬屠夫呀，你哭什麼喲！」

難道爺爺有千里眼？

爺爺故作神秘地說：「我的元神可以分離。」

「元神分離？」我不解地問。

其實這個說法我早聽說過，是初中老師說的。老師說，你們不要偷歪道士的東西，他雖然人不在廟裡，可是誰偷了他東西，偷什麼，他都一清二楚。他能元神分離。

我們不信，慫恿一個同學趁歪道士不在的時候偷了一隻三足小香鼎。後來歪道士果然到學校找那個同學要香鼎。那個同學堅持說自己沒有偷。歪道士說：「當時我還絆了你一腳，你忘記啦？」

那個同學在進門的時候確實被一個斷了一條腿的椅子絆倒，但是歪道士不可能會知道的，於是咬牙說沒有偷東西。歪道士不由分說拉起那同學的褲腿，小腿上果然有被絆到的傷痕。

那同學抵賴不過，只好將小香鼎還給歪道士。從此我們學生沒有人再敢去那個破廟偷東西。

爺爺的「元神分離」和歪道士的是一樣嗎？

我見爺爺只喝他的酒，不死心地追問：「爺爺，什麼是元神分離？你說了要教我一些捉鬼的知識的，怎麼可以反悔？」

爺爺笑了，眼睛裡透出閃亮的光，高興地說：「你真想學，我就告訴你。」

我連連點頭。馬兵也頗有興致地聽著。

爺爺咂咂嘴，說：「你想像著你還站在那裡，眼睛不停地細細觀察周圍的環境變化，這樣，你邊走開邊想像著另一個自己還站在那裡，如果有了一定的功力的話，你就可以做到軀體離開了但是元神留在原地。」

馬兵看看我，說：「馬叔也真是的，你外孫什麼都沒學，哪裡有一定的功力啊？」

爺爺嘿嘿地笑，兩隻眼睛把我審視了一番，然後認真地說：「你不是想看那本古書嗎？過兩天就給你。」

我不敢相信自己的耳朵。

爺爺看我驚訝的樣子，摸摸我的頭：「原來不給你看也是有原因的，但是既然你這麼想學，那就給你看了。我已經五十五了，力氣不如以前，有你幫助也是好事。」

馬兵吃完飯回去，鋸斷了家裡那根文文上吊的房樑，換了一根新木接上。過了半天，他的脖子上的印記就消失不見了。

可是還沒有等馬兵高興起來，矮婆婆又出事了！

馬兵慌忙跑來找爺爺，驚恐地說：「我娘……我娘……」

爺爺伸手在馬兵的背上拍了兩下，馬兵氣才順了過來，說：「我娘生了怪病。你快去幫忙看看。」

爺爺淡淡地說：「生病了去找醫生，找我幹什麼？我又不會治病。」

馬兵急得跺腳：「我娘得了怪病，她沒有呼吸了！」

「沒有呼吸了？你是說她死了？」爺爺一聽，馬上拉著馬兵的衣角要往矮婆婆家裡走。

馬兵拖住爺爺，手亂揮舞，自己都不知道怎麼解釋：「我娘……我娘……她沒有死。」

「沒有死？沒有死你怎麼說她沒有呼吸了？你逗我玩吧？」爺爺不高興地甩開手，轉身要往回走。

「怎麼跟你解釋呢！」馬兵著急地說，「她沒有死，她就是沒有呼吸了。」

我和爺爺質疑地看著馬兵。

馬兵嘆了口氣：「我也不相信。但我娘說她感覺沒有呼吸了，說她就要死了。可是她等了半個小時，還是沒有死。她還能吃飯喝茶，能走能動，就是身體沒有力氣鼻子沒有呼吸。」

爺爺遲疑了半天，捏捏鼻子，似乎在想什麼。

馬兵焦急地問：「馬叔你說這是怎麼了啊？」

爺爺來回踱了幾步，大手一揮，說：「走。先去看看。」旁邊幾個人聽到這個怪事也圍過來一起去矮婆婆家。

我們一行人來到矮婆婆家，矮婆婆虛弱地躺在床上，像得了重病的人一樣眼睛無神地望著我們。她那眼睛像就要熄滅的木炭外表蒙了一層灰，隨時都有熄滅的可能。有幾根頭髮搭在鼻樑上，經過了鼻孔。可是頭髮在鼻孔旁絲毫不動，彷彿鼻孔堵住了。她確實沒有呼吸了！活著的人卻有一種死去的感覺，要說死了卻有一種活著的意味。

爺爺安慰了矮婆婆一番，然後說：「妳按照我說的做啊。」

矮婆婆點點頭。

爺爺拿一張紙放在她眼前，要她對著紙吹氣。矮婆婆張嘴吹了一口，紙張靜靜地躺在那裡，沒有移動毫分！

爺爺扶起矮婆婆，指著窗戶玻璃說：「妳對著玻璃哈一口氣。」

矮婆婆張開嘴靠近玻璃，外面的空氣已經比較冷了，如果是常人，對著玻璃哈氣，玻璃上立即會留下一團霧氣。矮婆婆嘴巴對著玻璃張合了好幾次，可是玻璃上沒有一點霧氣！

「果然沒有呼吸了！」爺爺搖頭道，又扶矮婆婆躺下，「她應該是碰到食氣鬼了。」

「食氣鬼？」馬兵驚訝地問道。

爺爺點點頭，眉頭緊皺。

「食氣鬼是什麼鬼？」我問。我想起電視裡的畫面，一個面目猙獰的鬼趁人睡熟的時候對著人的鼻口吸氣，被吸氣的人還沒有知覺就死去了。

25

「這種鬼不是人形的鬼。它像迷路神一樣是不能直接傷害人的鬼。但是它和迷路神又有不同，它以人的氣息為食。被它害到的人不會立即死去，只是會感覺沒有了呼吸，但是時間久了人會精神萎靡，迅速衰老從而自然死去。它還是難得的比較正氣的鬼，看見做了虧心事的人才害。」爺爺說完看看矮婆婆，矮婆婆避開爺爺的眼睛，「趁現在矮婆婆還沒有失去呼吸多久，你跟我去治治這個食氣鬼。」

「你說給我古書的呢？」我還牽掛著這件事，害怕這個事情一拖久爺爺會變卦。

「說了給你不會反悔的。先把這個食氣鬼捉住再說。如果等久了，矮婆婆就會有生命危險。」爺爺說，不像是敷衍我。

「到哪裡去捉？」我問。

爺爺轉頭去問矮婆婆：「您都到哪裡去了？途中有沒有特別的事情？」

矮婆婆緩緩地說：「我，我翻過後山去了趟文天村，回來的時候在山上碰到一條只有上半身的狗，被那畜生咬了一口。」

矮婆婆說話的聲音很小，像蚊子嗡嗡，可能沒有氣息的人說話都這樣。爺爺把耳朵貼近去聽，邊聽邊頻頻點頭。

稍後，爺爺準備了幾根肉骨頭，一根秤桿，一個秤砣，叫上我一起去後山。

馬兵自告奮勇要一起去，爺爺說：「算了吧，你去了它就咬你。我說過它最喜歡咬做了虧心事的人。對付這樣的小鬼，我們爺孫倆就足夠了。」馬兵只好垂頭離開。爺爺說話總是太直，這是他的缺點，也是他的優點。

爺爺將秤砣交給我，叫我握緊，千萬不要落地。他用一個帆布袋裝了肉骨頭，用秤桿翹起扛在肩膀上，便帶領我出門走向後山。

先說說這個後山的地理位置吧，我們家住的常山村與爺爺家住的畫眉村中間還隔了一個文天村，在文天村與畫眉村之間有一座海拔不過一二百米的小山。小山雖矮，但是面積大，足有六百多畝，且山上多種茶樹桐樹。茶樹矮如雨傘立在地上，桐樹則高如電杆。

山路窄而多彎，路兩邊都種植著很高的桐樹，桐樹後面才是密而亂的茶樹。

白天走在山路上則覺得兩邊的桐樹如士兵直立，後面的茶樹一目千里都是綠色，心情爽快。可是晚上在這裡走感覺就截然不同，兩旁桐樹如妖魔鬼怪張牙舞爪，後面的茶樹則如小鬼聚集。

十幾年前，天色稍黑，我便不敢回家，即使明天要上課也要在爺爺家住一晚，寧可大早背著書包一路狂奔到學校。

這次即使有爺爺在，我也不禁手腳不聽使喚，總是懷疑背後有一個東西跟著，但是不敢往回看。

剛上山，爺爺便放慢腳步。四周有不知名的草蟲鳴叫，此起彼伏。月亮當空，但是不甚明亮，周圍長了絨絨的毛，似乎發霉了，照在人身上也不是很舒服。

路兩邊的桐樹失去立體感，薄薄的如剪紙，風稍吹動，樹枝就騷動如活了一般。但是茶樹伏臥不動，好像蓄勢待發的伏獸，它們屏住呼吸，等我們不經意間便從四面撲過來撕咬。

我和爺爺就在類似魔鬼伏獸的樹之間的空隙裡行走。爺爺嘴裡發出「嘖嘖」的逗狗來食的聲音。秤砣在手裡沉甸甸的，我一手托住秤砣底，一手提著穿在秤砣孔裡的絲繩。秤桿和秤砣都是辟邪的東西，秤桿打鬼如劍砍人。大多數鬼體輕，人手裡有秤砣的話它拉不走你的靈魂。

有的人家小孩病了，床頭常掛一個秤砣，意思是不讓鬼牽走小孩的靈魂。

走了大概百來步，爺爺突然停住逗狗的聲音，側耳傾聽。我也停下細聽，開始沒有其他聲音，但是再聽時聽見草「沙沙」的聲音，是有活物在向我們慢慢靠近。我死死抓住了秤砣。

但是，草動的聲音忽然消失了。爺爺只得又「嘖嘖」地逗它過來，爺爺放下帆布袋，從中取出肉骨頭丟在離我們不遠的前方。隨著時間慢慢過去，草動的聲音響起又消失。

看來它很機靈。

爺爺聽到了草動的方向。那聲音是從我們左邊的茶樹叢裡傳來的！

爺爺又取出一根肉骨頭朝左邊的茶樹叢裡拋去，嘴裡不停地「嘖嘖」聲。

我看見爺爺的眼睛發生了變化，眼珠中間發出星星的光，好像裡面點了一盞燈。

草動的聲音再次響起，可以辨別出它在靠近丟在茶樹叢裡的肉骨頭。果然，我看見左邊的幾棵茶樹晃動，它就在那裡。我的手心滲出汗水。爺爺的眼睛更亮了，甚至超過了月光。

接著，我聽到了骨頭被咬碎的「嘎哧嘎哧」聲！那東西在吃肉骨頭。

這次我們知道了它的具體位置，就在剛才扔出的肉骨頭那裡。但是我和爺爺都不敢走到雜亂的茶樹叢裡去，我們得把它再引出來些。

爺爺又取出一根肉骨頭扔在比剛才近一些的地方，再取出一根扔在離它最近的路旁，一步一步把它引出來。

那傢伙果然中計！

它吃完了第一根肉骨頭，又靠近第二根，草的「沙沙」聲離我們更近了。然後又是「嘎哧嘎哧」的骨頭被咬碎的聲音。一會兒，它稍微停了一下，又向路旁的肉骨頭靠攏。這時我聞到一股惡臭，是肉體腐爛的氣味。

它在一棵樟樹後面露出一個頭來！是一條狗的模樣！牙齒比狗牙大了兩三倍，嘴巴都包不住，露在嘴外甚是嚇人。爺爺向我做了一個不要動的手勢。爺爺提起秤桿，擺出抽打的姿勢。

它終於從樟樹後面走出來。

我終於得以看清食氣鬼的模樣！它長得像一條狗，但只有兩隻前腳，整個下半身都已經腐爛掉！下半身佈滿密密麻麻的蛆！後來爺爺告訴我，它因為沒有了下半身，吃了東西立即排出來，所以一直吃不飽，見著東西就咬。

爺爺見此機會，立即大喝一聲用秤桿抽向它。秤桿打在它的頭上，它馬上發出「汪汪」的狂吠。它丟下嘴邊的肉骨頭，反身來要咬爺爺。我兩手握住絲繩，甩起秤砣朝它打去，但是沒有打著。

它立即回過頭來咬我，我慌忙轉身就跑。它一口咬住了我的褲角，沒有傷到我的腿。我一時不知哪裡來的勇氣，咬牙憋足了勁跑，並不哭叫。當時我的思維非常清晰，我想我只要跑得比它快，它的牙齒就不能咬到我。

26

爺爺跟在我後面一面喊「快跑」，一面用秤桿狠狠地抽打它。它就是不鬆口，拽住我的褲角被我拖著跑。

不一會兒，我從山上跑下來，順著田埂沒有目的地亂跑，我心裡不停地告誡自己千萬不能停下來。我逢溝便躍，遇坎便跳，兩腳不做片刻停頓。田坎寬不過一尺多，兩邊都是水田。

正在我狂奔間，前面突然一人擋住去路。我邊跑邊喊：「讓開！讓開！」淒冷而虛弱的月光下，那個人高不到一米，卻蓄著長鬍子，懷抱一根木杖，穿著一身猩紅的披風。我心想怪事真多，偏在這個時候碰到這樣的怪人擋住我的去路。當時因為已經十分驚恐，沒有覺得前面的人有什麼怪異之處，只是嫌他堵了去路。如果換在平時，就是白天碰到這樣的人都會嚇得渾身哆嗦。

而且他的裝束古裡古怪，不像是這個時代的人。

我當時沒有想這麼多，跑到那矮人面前時努力一跳，從他頭頂躍過。就在我的腳落地的時候，身體突然失去平衡，整個人橫撲在田埂上，值得慶幸的是沒有滾到水田裡。

我心想糟糕了！那條狗肯定馬上張開大牙嚙噬我的小腿。

可是那條狗沒有再撲過來。我奇怪地回過頭，只見那條半身的狗撞死在一塊大石頭上。

那塊石頭就在我看見矮人的位置！

難道我看錯了？剛剛碰到的不是矮人而是一塊石頭？我揉揉眼睛，確實是塊石頭，長鬍子，木杖，披風都不見了。剛才可能是半身狗撞在石頭上，從而拽倒了我。

爺爺追了過來，驚奇地看著倒在地上的我和撞在石頭上的半身狗。

後來聽四姥姥閒話說起土地公公。我們那一帶每個村都有一個土地廟，一般建在面水靠山的地方。土地廟不像和尚廟那樣高大威武，它的頂只有人腰高，寬和長也不過三尺，如雞籠一般。專管照料土地廟的四姥姥解釋說，土地公公和土地婆婆都是不到一米高的矮人，公公手裡拿一根木杖，婆婆則雙手交叉挽著。

剛好後山的山坳裡有個水庫，水庫挨山的一角有塊平地，那裡就建著畫眉村的土地廟。也許真是土地公公顯靈救了我。但是也不排除我驚嚇中看花了眼。

爺爺把我從地上拉起來，拍拍我的衣服說：「忘了告訴你了，其實你不用跑的，你越跑它越攆著你咬。要是你蹲下來，手假裝在地上一摸，它就不敢靠近你，以為你撿石頭打它呢。」

……你早不告訴我或者早把古書給我，我就不用跑得這麼狼狽了。

爺爺在水田裡洗乾淨了秤桿，帶我一起回到矮婆婆家。

一進門馬兵就激動地對我們說：「我娘有呼吸了！」

我掉頭去看矮婆婆，挨著鼻子的頭髮隨著呼吸一起一伏。但是我發現她的身體好像愈來愈小，像是毛衣在縮水。那是很細微的變化，當時誰也沒有發現。而我因為剛才的一頓驚嚇，還以為自己的眼睛產生了錯覺，就沒有對他們講我的發現。

當天晚上我和爺爺都很快進入了夢鄉。

我在夢裡夢見矮婆婆軟得像一攤爛泥，身體平鋪，似乎要像水一樣流開。我想叫喚矮婆婆，可是再怎麼使勁也發不出聲音。矮婆婆的眼睛看著我這邊，但是顯然把我像透明人一樣忽略了。

我又聞到了惡臭。我想挪動腳步走向她，可是腳抬不起來。這時，那條半身狗慢慢靠近矮婆婆，用鼻子咻咻地嗅她。

半身狗伸出舌頭舔了舔矮婆婆的臉，矮婆婆的腦袋居然像稀粥一樣被半身狗喝了一半！我嚇得大聲叫喊爺爺。半身狗似乎聽見了我的呼喊，轉頭來看我，巨大的牙齒間還銜著矮婆婆的眼珠子！

忽然，耳邊傳來「呼嚕嚕」的打鼾聲，我從夢中醒來。一摸臉，都是汗水。

我不敢再閉上眼睛，生怕回到噩夢中。房子的牆壁消失在深水一樣的黑夜裡。我突然感到跟鬼打交道是如此地可怕。我就這樣一直睜著眼睛等到天亮，爺爺的鼾聲一直陪伴著我。

我見到陽光從窗戶射進屋裡來，才又睡過去。那天的睡眠很淺，耳朵能聽到屋外的一切聲音，甚至能聽到平時聽不到的聲音，比如別人投手舉足間衣服發出的窸窣聲，比如我的肚子裡腸胃蠕動的咕咕聲。那感覺很奇妙。跟爺爺捉鬼的日子裡有過兩三回那樣的感覺，上大學後就再也沒有出現過了。

我的夢預示了矮婆婆的死亡。

兩天過後，矮婆婆咽氣了，臨死的時候長長嘆出一口氣，似乎之前幾天呼吸被憋住，現在終於得以將肚裡的所有廢氣排出。

矮婆婆的那口氣一嘆出，奇怪的現象出現了！矮婆婆的身體像氣球一樣癟下去，變成散了骨頭的軟囊，跟我夢中的情景一樣！

馬軍早上從文文墳墓上回來做孝子，晚上回墳上去。馬兵照顧一切喪事祭奠。

死人要在家裡放七天才可以出葬，而前來拜祭的親朋好友都可以要求看死者最後一眼。但是馬兵用裹屍布包住矮婆婆，不讓其他人看遺容，害怕人家看見了矮婆婆的軟囊的樣子說三道四。

爺爺悄悄告訴我：「矮婆婆這次死亡是壽命已盡，如果沒有殺死食氣鬼，她臨死都不能嘆一口氣。」

我說：「早知道她只有兩天壽命了，我們何必麻煩著去打食氣鬼呢？」

爺爺說：「那不行，如果不把食氣鬼打死，矮婆婆就不能死得舒坦，靈魂捨不得走，可能演變成新的厲鬼。但是她生前被食氣鬼咬了，身體裡沒有了精氣，再放兩天肉體會化成塵土。到下葬的時候只剩頭髮和指甲。她的身體軟化就是前兆。」

我不相信。

果然到了下葬那天，放矮婆婆屍體的房間裡突然飄出一道明亮、乳白色的光，看起來就像發光的薄霧。馬兵以為房子裡面著火了，慌忙衝進去，家具沒有一點明火。裹屍布平鋪在地上。馬兵揭開布，矮婆婆的屍體消失了，只留有頭髮和指甲。

27

馬兵只好用矮婆婆生前的衣服包裹剩下的頭髮和指甲代替屍體放在棺材裡埋葬。

就在馬兵給矮婆婆辦喪事的那幾天，爺爺兌現了他的諾言，給了我夢寐以求的那本古書。我急不可耐地翻看起來。

爺爺說：「以後有的是時間，急什麼！這本書是你姥爹（方言，爺爺的父親）手裡傳下來的，本來不能傳給外家。」農村的封建思想還沒有根除，只有兒子算本家人，女兒未嫁時是本家人，出嫁後就算丈夫本家的人。所以我算外家的人。這一點在中國是普遍的現象，比如古代的祖傳秘方或者武功，都規定傳男不傳女，也是怕本家的絕學被外家學得。

但是我爺爺在這方面不是很在意。也許是因為我是他的長孫，太多的喜愛都聚集在我一個人身上。那時我的兩個舅舅都還離結婚的年齡比較遠，短時間裡沒有人可以分散爺爺對我的愛。並且我的兩個舅舅對捉鬼的事情根本不感冒。

我不聽爺爺的勸說，只顧翻來翻去地看這本來之不易的古書。

這本書已經泛黃，書角有多處缺落，但是並沒有影響到內容的完整。文字是豎排版，小楷字。書是有封面的，不過明顯是後加上去的，漂亮的行書寫著「百術驅」，應該是書的名字。可是沒有封底，末頁寫著「術召半夜魂，方喚整生魄，南方輔黃神，北極引紫仙，五章鎮幽靈，八轉」就沒有了。「八轉」後面肯定還有其他文字。

我不滿地問爺爺：「這裡明明沒有寫完嘛，是不是還有另外一半你藏著不給我啊？」

爺爺說：「你姥爹給我的時候就只有這半本了。」

我失望至極：「原來只有半本啊！」

爺爺說：「你姥爹傳給我的時候說了，還有半本他藏了，但是在後面留了線索。你自己看看。」

我在末頁的下面空白處看到七個字：「移椅倚桐同賞月」。我不懂其中的意思，抬起頭來看爺爺，爺爺也搖頭。

爺爺說起了這本古書的來源，這是一個比較長的故事：「你姥爹名字叫馬辛桐，他還有一個哥哥叫馬望月。姥爹的父親當時是這塊地方的糧官，他希望馬望月接著走仕途，便苦心教育他。

「在馬望月二十歲的時候，他父親要他參加三年一次的鄉試。那時候因為交通不方便，趕考的人要步行去省城的貢院⑨參考。馬望月去了半年才回來。一回來就血奔死了。死了不到幾天，報喜官送來金榜，說馬望月考上了舉人。

姥爹的父親非常傷心，認為自己的兒子載不起福氣，乾脆死了這條心。從此不允許馬辛桐碰文房四寶，只教他算盤算術計算糧倉中的稻米進出。

但是馬辛桐比哥哥聰明多了，學什麼會什麼，他的算盤算術很厲害，可以把算盤放在頭頂上撥弄計算。因為父親不允許他碰筆墨紙硯，他閒來沒有什麼事情可以做，於是把興趣轉向道術。

後來清政府不行了，湖南又因為曾國藩的湘軍經常打仗，饑民遍地。因為姥爹的父親是糧官，所以自己家的糧食充足。有一次，一個道士經過畫眉

9. 貢院：是古代會試的考場，即開科取士的地方。貢，就是通過考試選拔人才貢獻給皇帝或國家的意思。貢院最早始於唐朝。

村，餓暈倒在老河那邊。馬辛桐經過的時候看到了，把那道士帶到家裡救了他一命。

那道士離開馬家的時候送給馬辛桐一本書，就是這本《百術驅》。這本書不但教人捉鬼，還可以教人掐算未來，修身養氣。姥爹盡得其術，他掐算比你爺爺我厲害多了。

後來鬧『文化大革命』⑩，姥爹怕人家發現這本書，把封面撕下燒了。這個封面是浪潮過去後補上來的。上面的字就是姥爹親自寫的，你看他的字寫得好不好？從字裡頭就可以看出姥爹是多有才華的人。

我出生後得了一場病，那病對腦袋有損害。姥爹認為我學不了這麼多的方術，於是把書扯成兩半，前部分交給我，後部分藏在一個秘密地方。

姥爹在書後面留了這七個字，說如果我能猜出來，就說明我夠聰明，自然可以找到書的所在並學習後部分的方術。如果猜不出來，後部分給我了也學不會。可是你看，到現在我還沒有猜出其中的奧秘。

後部分的內容比前部分的方術要厲害許多。如果你想得到，你也得靠自己猜出那七個字的意義。如果你能找到後部分，你會比爺爺還厲害呢。」

我沒有想到這本古書有這麼長的淵源，聽了爺爺的講述，更覺得這本書可貴。但是人總是不滿足現狀的，這前部分還沒有看，就幻想著拿到後部分。爺爺的捉鬼術已經令我驚嘆欽佩了，如果我可以超越爺爺，那該是多麼爽的事情！想想都禁不住要偷笑。

可是「移椅倚桐同賞月」到底有什麼含意呢？爺爺猜了大半輩子不能參悟，可見我要一時半會猜出其中奧妙簡直不可能。暫且收起來，待以後好好研究，或許以後突然就參悟了呢。

10. 文化大革命：全稱『無產階級文化大革命』。指1966年5月至1976年10月在中國由毛澤東錯誤發動和領導、被林彪和江青兩個反革命集團利用、給中華民族帶來嚴重災難的政治運動。

我查閱了《百術驅》，裡面講解了矮婆婆的身體消失的謎團。古書上說，這種現象發生在兩種人身上，一種是得道高僧，一種是食氣鬼咬過的人。高僧講究「五大皆空」⑪，坐化後會發生屍體消失的怪事，在經書裡稱為「虹光身」現象，是高僧得道的表現。而食氣鬼咬過的人，精氣盡散，也會出現這樣的怪事，這稱為「散氣身」現象。

這兩者有本質的區別，前者是精氣轉移，是高僧修練出的超常的凝聚能力。後者是精氣散去，是食氣鬼吸去了人的精氣造成的。

裡面對爺爺的「元神分離」也有說明：元神的主體是無極界的靈質體，元神的任何感覺，元神的主體都能感覺到。元神喜純好靜的特性就是元神主體在無極界的特性。元神做為無極界靈質體的分體，可以在宇宙中運動，可以感覺宇宙空間中豐富的物質特性以及物質運動的千變萬化，元神主體在無極界也能感覺到，這種感覺既不會干擾無極界的寂靜性，又可以使靈質主體享受到高靈性生存的樂趣，這是元神從主體分離出來在宇宙中生存的根本意義。

這些說起來很麻煩，後面碰到相關的再順帶做解釋吧。

但是裡面出了個很嚴重的問題！

前部分和後部分分開的地方剛好是講解篼箕鬼的章節，所以我不知道爺爺禁錮篼箕鬼的過程是不是完善，如果後面的章節還有提示但是爺爺沒有看到的話，後果將十分嚴重！

古書中說了，捉鬼要麼全部工作完成，要麼不捉，如果捉鬼的時候有遺漏的話，就如打了蛇一棍，然後轉頭就走。惹怒的蛇會不依不饒地在後面窮追猛打，後患無窮。

「好了，今天的講完了。明天的故事會更加精彩。」湖南的同學像說電視廣告節目一樣說道。

11. 五大皆空：人身五大之意：地水風火空，五大皆空處，即見性覺悟。五蘊是五陰即色、受、想、行、識。

「沒想到還有這麼有正氣的異類呢。」王寶感嘆。

「這些都只是故事，不要全信哦。」湖南同學笑道。

「但是你的故事都是懲惡揚善的，很有感情，跟別的詭異故事不一樣。」王寶評論道。

湖南同學呵呵一笑：「要說到感情方面的故事吧，明天的才是最考驗感情的。」

他的最後一句話，吊足了我們的胃口。

莫中娘子

28

「時間到啦！我恨不得把時鐘調快一點呢，呵呵。」一個同學手舞足蹈地說。

「好了，上次我說了，這是一個考驗感情的詭異故事。大家慢慢聽來。」湖南的同學笑容可掬。

矮婆婆的葬禮結束後，馬兵為了感謝前來幫忙和祭奠的親戚朋友，特別準備了豐厚的晚餐犒勞大家。當然了，這也是不成文的規矩。

我當時癡迷於古書，恨不得一口吃下裡面的所有內容。看這個古書可不像看小說，喜歡的看看，不喜歡的跳過，在捉鬼的過程中，必須做到面面俱到，萬無一失。遺漏一點細節都可能造成無可挽回的局面。不過最讓我情緒低落的是書頁歷時太久，稍微不小心就會翻壞。

馬兵來喊了我三遍，我才藏好古書匆忙趕去吃飯。爺爺和來客們都已經開始吃了，桌上的菜十一碗都上齊了。之所以上十一碗也是有原因的，在我們那個地方，如果是辦喜事，桌上的菜要上偶數碗，取意好事成雙。而辦喪事剛好相反，只能上奇數碗菜。

在吃飯時我發現，對面的年輕男子有些怪異。

我怕說錯了人家笑話，畢竟我對古書上的內容還不是很熟悉。我用筷子捅捅爺爺蒼老的手，說：「爺爺，爺爺，你看我對面的那個人，是不是有些不正常？」

爺爺的筷子正夾著一塊紅得扎眼的辣椒往口裡送，被我一捅，辣椒夾不住掉在桌子上。爺爺生氣地責備道：「幹什麼呢？不好好吃飯！」

爺爺罵我的同時偏頭去看我說的那個人：「怎麼不正……？」爺爺的眼睛特別好，每次爺爺到我家去，我都要到村前去望，我還沒有看見爺爺，一里多遠的爺爺便先看見了我，慈祥地喊：「亮仔！」

爺爺的話剛說還沒說完就愣住了：「確實不對勁啊！」

我立即來勁了：「我說了不正常嘛。你看他的臉上，紅潤缺少，青絲潛伏。」「紅潤缺少，青絲潛伏」都是照搬古書上說的，當時讀初中的我還說不出這樣對偶的話。

爺爺又對那個男子端詳了一番，說：「對呀。有問題。我去問問。」

剛好馬兵就坐在爺爺旁邊，爺爺提起酒杯跟馬兵碰了一下，問道：「馬兵呀，這位客人我沒有見過面，是你的哪方高客啊？」

馬兵見爺爺問起，連忙起身介紹：「這位是我的表兄陳少進。少進哥，這位是我行上叔叔。按輩分你也可以叫馬叔叔。呵呵。」

陳少進拘謹地點頭向爺爺致意。

馬兵笑道：「我這位表兄是老實人，吃過不少苦，性格有點內向。」

陳少進又悶頭悶腦地點頭，面帶笑意向桌上客人致意。

馬兵說：「我和這位表兄恐怕也有幾年沒有見面了。今天我去集市買些接客要用的酒肉，剛好碰上，於是硬把他拉到這裡來吃餐飯。」

陳少進憨厚笑道：「舅媽辭世，做舅侄的也應該來拜祭拜祭。大家酒喝好，多謝大家幫忙了。」

眾人客氣一番，紛紛碰杯喝酒。

爺爺問道：「陳舅侄，吃完飯可不可以到我家裡坐坐啊？」

陳少進客氣道：「還怕打擾您哪。」

爺爺笑道：「不打擾不打擾，你可要記得吃完飯到我家來坐坐啊。」

陳少進連聲說好。

來客散盡，陳少進如約來到爺爺家。爺爺邀他坐下，遞上一杯熱茶。

「我看陳舅侄氣色不是很好，沒有遇見什麼古怪的事吧？」爺爺又仔細地把陳少進打量一番。我也悄悄察看陳少進的臉色。他的眼睛四周有青黑色，缺少睡眠的人也可能這樣，但是他那青色有一絲像蚯蚓爬過顴骨直至嘴角。可見鬼氣纏繞已久，現在已經很深了。如果再這樣下去，過不了一年就有生命危險。爺爺把其中利害說給陳少進聽。

陳少進將信將疑地看著爺爺，說：「沒有遇到什麼不對勁的事啊！最近好好的呀！」

爺爺說：「不只是近來，以前呢？比如說去年？」爺爺的經驗比我豐富多了，我憑那點青色根本猜不出時間，爺爺卻可以說出大概時間。

陳少進沉默了。

爺爺勸解他許久，他才答應把他的懷疑告訴我們。

馬兵說陳少進吃了不少苦，確實如此。去年，他父親因參與賭博輸光了錢還欠一屁股債，母親一氣之下尋了短見，父親因心裡愧疚也喝下殺蟲劑一命歸西，給他留下一筆巨債。

這個討債的後腳剛離開，那個討債的前腳又進來了。他被逼的沒有辦法，只好離開家鄉遠走。

他心裡又是悲痛又是氣恨，順著一條山路沒有目的地走，餓了吃點帶的乾糧，渴了就喝點山泉。他想自己也二十歲的人了，難道連個立足之地也找不到嗎？他不信，他就這麼走，心裡一片茫然。

這樣走了一天，在一個黃昏的時候來到一座山下。

他累極了，靠著一棵樹坐下來休息。這一坐下便很快睡著了。

半夜的時候，因為夜露打濕了衣服，感到寒冷的他醒了過來。這時他聽見山上傳來隱隱的女人的哭聲。

他心想，誰家的姑娘這麼晚了不回家，可不是跟家裡吵架了吧。她要吵架還有人跟她吵，我有脾氣都不知道跟誰發呢。

他循著聲音往山上走，走到半山腰，看見一個好看的女子蹲在地上傷心地哭，眼淚嘩啦啦的，甚是可憐。

他怕突然打擾那個姑娘會嚇著她，故意用腳踢地上的落葉，弄出聲響。姑娘注意到他了，慌忙擦乾眼淚，不哭了。

陳少進問她：「這麼晚了怎麼還不回去，幹嘛哭得這麼傷心？」

那姑娘說：「我的家就在附近。我是孤兒，一個人在家裡害怕，想到父母在的時候有人陪伴好溫馨，所以哭了。」

陳少進聽了她的話，心裡一酸，說：「我也是孤兒，我們是同病相憐呢。妳至少還有個家可以住。我現在被債主逼得沒有地方落腳了。我比妳可憐多了，我還沒有哭泣呢。快回去吧。」

那姑娘不相信：「你也是孤兒？你和我一樣？」

陳少進把衣兜裡的乾糧拿出來給她看：「妳看，這都是我帶的乾糧，我都不知道要到哪裡去，心想走到哪裡累了就在哪裡休息。我騙你幹什麼。」陳少進說完抬頭看看天空，月亮到了頭頂上，圓溜溜的像個臉盆，臉盆中間彷彿盛有蕩漾的水。

那姑娘見陳少進確實不像騙人，頓時眼睛裡流露出惺惺相惜的關懷之道。

陳少進覺得那樣的眼神已經好久沒有對他出現過了，心裡也對那姑娘多了一些關心。他說：「快回去吧，月亮都到頭頂了。」

那姑娘低頭支吾了半天，然後鼓起勇氣對陳少進說：「你也沒有地方去，要不你到我家來歇息一晚吧。」

陳少進連忙擺手：「如果妳家裡還有別人還好，現在就妳一個大姑娘，我怎麼好到妳家裡去住宿？別人聽見了不好。」這時一陣風吹過，凍得陳少進瑟瑟發抖。

那姑娘見陳少進努力裹緊單薄的衣服，一下子笑起來。

「妳笑什麼？」陳少進上下打量面前的姑娘。她一頭長髮，眉毛修長，嘴唇豐滿，就是眼睛有些黯然，穿一身紅色的短身棉襖。

「我笑你凍得像隻落水的老鼠了，說話卻像鴨嘴巴賊硬賊硬的。再說，這麼晚了還有誰在外面晃？誰知道你在我家住了？」那姑娘說。

「不，不。我就在這裡靠著石頭睡一覺算了。」陳少進說著便坐下來，靠著一塊大石頭做出假寐的樣子。可是石頭確實太涼，他努力裝著很舒服，還伸一個懶腰。

「你這人怎麼不懂事呢？在這裡睡一晚，明天不得病才怪。你去了我家，可以睡另外的房間嘛。走吧走吧。」那姑娘說。

陳少進一想，也對，將就住一晚明天大早就走，誰也看不到。況且自己的膝蓋有風濕，凍一晚明天能不能走路都說不定。於是他站起來。

那姑娘見他答應了，便帶著他往她家裡走。

穿過兩個荒草地，來到她的家門前。陳少進見那屋建得挺不錯的，青磚紅瓦。要知道，在十幾年前，農村幾乎清一色的泥磚青瓦，有的甚至瓦都買不起，只能用草簿代替。能用青磚紅瓦蓋房子的都是家庭條件相當不錯的人家。那姑娘推開木門，點燃一根蠟燭。當時用電也沒有現在普遍，並且經常停電。

陳少進藉著微弱的燭光，看見屋裡的擺設也是有錢人家的模樣。

那姑娘領著陳少進走進一個臥室，滿懷歉意地說：「這個房間已經許久不曾住人了，有點冷清。我稍微打掃一下你就住這間房吧。」說完給他拍打被子的灰塵。

陳少進感激不盡地說：「能睡在屋裡就比外面好一百倍了，怎麼會嫌棄呢。真是麻煩妳了。」

「客氣！」那姑娘將被子鋪開，指著蠟燭問，「你怕黑嗎？怕黑我就不把它拿走了。」

陳少進搖搖頭。

那姑娘就拿起閃著焰火的蠟燭走到門口，臨走時交待：「我這房子潮，你把被子捲起來睡比較好。」

「唉，唉。」陳少進躬身回答。

正當那姑娘要關門時，陳少進問道：「請問姑娘芳名啊？」

「問這個幹什麼？」那姑娘不解地問道。

「哦，沒有別的意思。知道了恩人的名字，以後有機會定當回報。」陳少進不好意思地笑笑，心想以後路往哪裡走都還不知道，說要回報人家恐怕人家要見笑了。

「我姓蔣名詩，草將的蔣，詩歌的詩。」那姑娘手執蠟燭，燭火在她臉上跳躍，「不過我可不是要圖你的回報，以後再有見面的機會打個招呼就好。」

她不問陳少進的名字就走了，拖遝的腳步在空曠的房子裡響起回聲。

房子裡雖然有些潮濕，但是比外面暖和多了。陳少進躺在床上卻怎麼也睡不著。他聽見拖遝的腳步聲走進隔壁的房間，然後消失。應該是睡覺了，他心想道。他也努力靜下心來，閉著眼睛準備睡覺。明天還不知道要到哪裡去呢。

一陣香氣傳來，緩緩進入他的鼻子。他吸了吸鼻子，這香氣有點古怪，以前從來沒有聞到過，像飯香又像女人的體香，但又不全是。他並沒有在意，單身女人的房間總會有些香味。他接著安心睡覺。

可是這下他怎麼也睡不著了，身體突然精力十足，剛才的倦意煙消雲散。現在就如早上剛起床似的多睡一秒也難受。

香氣漸漸淡去。

他的神經像觸電了似的活躍起來，特別是下身那個部位躍躍欲試。渾身開始發熱，熱得難受，那是一種燥熱。腦袋裡也浮現不應該有的念想……

陳少進極力抑制衝動，不停地告誡自己的腦袋要清醒，不要害了幫他的人。可是他越忍越痛苦，腦袋都是亂糟糟的畫面，思緒完全擺脫控制。

他終於抑制不了，下床邁向門口，在門口他用力抓住木門，用僅剩的理智想克制自己。他每向前邁一步都十分費勁，理智和衝動勢均力敵。最後，他終於說服自己一定不要再向前邁步。

這時，隔壁房間的蔣詩聽到了他的腳步，隔著一道木門問道：「你怎麼不睡覺？有什麼事嗎？」

陳少進咬牙回答：「沒事。」但是一想沒事跑出來幹嘛？如果蔣詩猜疑他有別的用心多不好啊。於是他緊接著說：「出來找蠟燭，我東西掉了找不到。」

隔壁房間窸窸窣窣地響了一會兒，蔣詩打開她的門，手裡拿著一支點燃的蠟燭走出來。

「來，給你蠟燭。」蔣詩遞給他蠟燭。

蔣詩長相本來就漂亮，加上穿著寬鬆的睡衣，更是增添了幾分媚惑。陳少進咽下一口口水，終於克制不住自己，丟下蠟燭撲向面前的美人，瘋狂扒開蔣詩寬鬆的睡衣……

第二天早上，陳少進沒有離開，他成了這所房子的新男主人。

但是，不久他就發現蔣詩有很多不同於一般人的地方。

陳少進做好了飯菜，蔣詩從來不上桌吃飯。陳少進見她有時臉色不好，勸她吃飯。她才勉強夾兩筷子的菜送到口裡，堅持不吃米飯。

有一次，陳少進聞到蔣詩的嘴裡有濃烈的酒味，但是他從來不知道家裡有酒，於是偷偷留意。

他發現蔣詩臉色病態的時候便經常去開衣櫃。他趁蔣詩不注意的時候偷偷打開衣櫃檢查，發現衣櫃裡放著一壇女兒紅！壇口用塑膠布蓋住，再用草繩捆住，所以酒氣沒有洩露出去。陳少進很不高興，一個女人怎麼好這口呢？況且就是不好意思，也不應該躲著他喝啊？

不過陳少進沒有揭穿她，反而在她喝酒的時候故意走開。

30

爺爺打斷陳少進說：「就這些不對勁的嗎？」

陳少進搖搖頭，接著說他的經歷。

晴天太陽當空的時候，蔣詩從來不出去，她特別喜歡雨天和晚上。但是陳少進覺得晴天不出去曬曬太陽，人都會發霉，經常在有太陽的時候拉蔣詩出去走走。可是蔣詩的態度異常堅決，絕不出門半步。

陳少進有次執拗不過蔣詩，不禁發脾氣道：「妳的衣服都發霉味了，我聞著不舒服！出來曬曬太陽就能要了妳的命嗎？」

蔣詩就是不聽。陳少進也不好強拉她出來，因為那時蔣詩有了身孕，怕不小心了摔跤會傷到肚子裡的孩子。

蔣詩解釋說：「曬太陽當然要不了我的命。可是我的皮膚過敏，曬了太陽就火辣辣地疼。」陳少進沒聽說曬了太陽皮膚會火辣辣疼的事，但是也只好依她，不再強迫她。

一天，陳少進在外面碰到一個朋友。那朋友得知多年未見的陳少進如今有了家室很驚訝，因為自從他離開家園後幾乎沒有人知道他的行蹤。朋友一定要到陳少進家裡去看看，順便問候嫂子。陳少進一口答應了。

陳少進樂孜孜地帶朋友回來，蔣詩給他開門的時候便露出不高興的表情，讓他在朋友面前很不好意思。朋友也覺得尷尬。

蔣詩隨便給他朋友弄了飯菜，吃飯的時候把筷子敲得很響。他的朋友一句話不說地吃完了飯，便藉機告辭。

陳少進本想假意留他住一晚敘敘舊。但蔣詩馬上補充說：「家裡沒有多餘的床。」

朋友訕訕地說：「不用麻煩嫂子了，我們有機會再聚就是了。」

朋友走後，陳少進責備妻子道：「妳怎麼就這麼小氣呢？他是我多年的好朋友了。好久沒有見面了，看妳今天把他弄得不好意思再來了。」
蔣詩邊收拾碗筷邊說：「不來最好。我可不喜歡生客到家裡來。父母不在後，我一個人過慣了。你要會你的朋友，你在外面跟他們會好了。」
陳少進生氣道：「妳怎麼就這麼多毛病呢？」
蔣詩不讓步：「怎麼了？嫌棄我了？」
陳少進不敢接言。他並不是怕蔣詩趕走他，而是蔣詩肚子裡的孩子讓他捨不得走。當然了，他對蔣詩還是有好感的。只要陳少進不逼她吃飯，不拉她曬太陽，不帶朋友來這裡，她對陳少進還是很好的，甚至比一般的媳婦還要好。自己不吃飯但是給他把吃的都弄好，自己不曬太陽但是要他多在外面活動筋骨。
他們就這樣一起生活到了現在。三個月前蔣詩還給他生了一對龍鳳胎，女的像她，男的像陳少進。
蔣詩拿出兩塊貝殼大小的金牌分別給兩個嬰兒戴在脖子上。陳少進見了金牌很奇怪，問這是哪裡來的。

蔣詩說是她父母留給她的。

有了孩子後，陳少進更加疼愛妻子，上集市給她買了雙紅毛線手套。蔣詩見了紅毛線手套很高興，抱著陳少進的脖子親了又親。

今天他看見妻子的手套的大拇指處散了線。蔣詩說她會織毛線衣，也能把手套織好。陳少進便來到集市買織衣針，沒料到碰上了去買菜的馬兵。馬兵邀請他到家裡吃飯。陳少進本來要拒絕，但聽馬兵說舅媽死了，這才答應來。

陳少進講完了。我和爺爺也聽得差不多了。

「你也覺得你妻子有點問題吧？」爺爺問道。

陳少進點頭：「我覺得她不像平常的女子。不然不會跟您講這些了。您說她哪裡不對勁了？」

「你妻子是鬼！」我搶白道。

陳少進一愣。

我不好意思地笑笑。剛才在他說他妻子不尋常的地方時，我已經在心裡默默對照古書裡的敘述尋找答案。

陳少進沒有怪我不懂禮貌，憨實地問：「小哥，你為什麼這麼說？」看來這些懷疑在他心裡深埋已久，只是他自己不願意翻出來。

我看看爺爺，爺爺用眼神鼓勵我說出自己的看法。

我看看陳少進，他的眼神也是渴望我說出真相。

回想了一下古書裡對「活僵屍」的解釋，我開口解釋道：「首先可以肯定，她是一種叫活僵屍的鬼。第一點，她不吃飯，只喝女兒紅酒。她不吃飯，是因為她的腸胃都已經腐爛，吃了飯消化不了。她經常喝酒，是因為酒可以緩解她的腐爛。」

我停下看看爺爺，爺爺點點頭。

「第二點，她在有太陽的時候不出門。這是因為所有的鬼都害怕陽光，她說她的皮膚對陽光過敏，這句話確實沒有騙你。並且在太陽底下她的腐爛速度也會加快，所以她只在陰天雨天出門。」

「第三點，她不喜歡你朋友來訪。人的身上多了陰氣會生病，同樣，鬼接觸多了陽氣也會不舒服。另外，她的房子其實是墳墓幻化而成，她擔心被別人識破。」

「還有一點，她自稱為蔣詩，其諧音就是僵屍！」

我說完，陳少進的臉色更加難看了，顯然真相使他彷徨而痛苦。他雙手緊緊地擰在一起跟自己較勁，兩隻腳用力地磨蹭地面。

爺爺拍拍陳少進的背，勸道：「你必須離開她，雖然她暫時不會影響你。但是她遲早會腐爛成一攤血水的。你，還有你的兩個孩子，跟她待久了都會染病死去。」

「我不相信！」陳少進突然提高嗓音怒喝，「她是活僵屍怎麼會生孩子？她是正常的女人，她不喜歡吃飯是因為胃口小，她不曬太陽是因為皮膚過敏，她不叫朋友來是因為她孤獨慣了。我不相信她是僵屍，我不相信！」

爺爺舉起雙手安撫道：「好好好，也許你說的是對的，我們可能是多慮了。但是為了你還有你孩子著想，你答應我試試好嗎？」

陳少進沉默了半天才緩緩回答道：「怎麼試試？」

爺爺說：「你告訴我那裡的詳細位置。今晚你照常回去，到了下月初一夜我會去你那裡。太陽落山後你仔細聽門響。如果有人敲門，你便抱著孩子開門，我會在門口接你。我會在你家門口放一塊灑了雞血的布，你一腳踏在上面，一手拉著門。到時候你就知道我們是不是騙你了。你要記得我說的動作。是不是都試試，好嗎？」

陳少進看著爺爺的眼睛，爺爺真誠地回望著他。他最後點了點頭。

31

爺爺去陳少進那裡的那天，我在學校上課不能跟著去。後來聽爺爺說了那晚的情況。

在第二個月初一的晚上，月亮細得如魚鉤。爺爺潛伏在門外的草叢裡，頭上頂著蓋符。如果是平常人接近墳墓，鬼都會有知覺。所以爺爺做了個蓋符頂在頭頂，鬼很難發現生人在附近。古書裡記載：符有三種用法，一是直接貼在鬼的軀體上，使鬼定住或者消亡，這是消滅源頭；二是貼在門窗之類的實物上，使鬼鎮住或者不敢接近，這是阻礙管道；三是貼在人的身上，使鬼發現不了或者不敢攻擊，這是保護自身。

此時陳少進在屋裡時刻注意門的響動。

他睡在床外頭，蔣詩睡在床裡頭，兩個孩子睡在他們倆中間。

門。

爺爺聽得屋裡安靜下來，猜測他們已經睡下，便走出草叢，輕輕敲擊房門。

陳少進聽見敲門聲，輕輕起床，然後抱起挨著自己睡的男孩。他盡量不弄出聲音，不弄醒孩子，手腳極為輕柔，像是抱一個易碎的古董花瓶。

他左手抱起男孩，伸出右手想再抱女孩。

這時蔣詩身體挪動了一下。陳少進馬上停止動作，等蔣詩不再動彈的時候，又要去抱女孩。可是蔣詩的一隻手臂搭在女孩的胸脯上，陳少進稍微挪動女孩都有可能驚醒蔣詩。等了片刻，蔣詩仍不拿開她的手臂。

門外又響起敲門聲，爺爺在催促他了。

陳少進只好放下女兒，躡手躡腳地走出臥室。

陳少進走到門口，爺爺已經將灑了雞血的布放在地上。陳少進踩著布一手去拉門。陳少進的手指碰觸門的剎那，面前的木門變成了冰涼的墓碑！

爺爺立即將另一符放進陳少進的兜裡，拉起他慌忙離開……

陳少進逃離墓中後，一直借住在馬兵家裡。爺爺在陳少進的房間的門窗上都貼了黃紙符。

向陳少進討債的人一年多沒有得到他的消息，這次突然聽說在親戚馬兵家，並且得知他有一塊金牌，便紛紛找上門來糾纏。沒幾天，債主就把馬兵家的大門堵得水泄不通。

陳少進沒有辦法，只好答應把孩子脖子上的金牌賣了還錢。

債主們不相信：「如果你又跑了呢，我們到天南海北去找你？」

馬兵只好出來擔保：「我做擔保，行不？他跑了你們拆了我的屋！我的屋總不能長了腳跑吧？」

眾人這才散去，臨走的時候還唸唸叨叨威脅：「你不兌現，明天讓你出不了這個門。」

可是債主才走不久，又有人來找麻煩了。

來找麻煩的是鎮上一個開當鋪的老闆。他聽到從這裡回去的債主在路上談論陳少進的金牌，金牌多大雕什麼花紋都說得清清楚楚。

那個當鋪老闆一聽，急急忙忙來找陳少進。

「聽說你有個這麼大的金牌？」當鋪老闆用手比畫著大小問道。

「是啊。」陳少進老實回答。

「能給我看看嗎？」

「行哪，有什麼不可以的。」陳少進還以為當鋪老闆看上了他的金牌，會出價買下呢，所以爽快地答應了。他正愁買家呢。

當鋪老闆手哆哆嗦嗦地接過金牌，仔細察看，兩隻手在金牌上不停地摩挲。

「好啊！你竟然敢盜墓！」當鋪老闆氣憤地指著陳少進的鼻子喝道。

「什麼？盜墓？我沒有啊。」

「沒有？沒有，這個金牌哪裡來的？你這個窮得沒有褲襠的小子哪裡弄來這金東西？有金子不早還債了？現在盜墓得了金牌才敢出來吧？」當鋪老闆越說越氣，舉起拳頭要打陳少進。旁邊的馬兵一見氣氛不對，連忙拉著當鋪老闆。

「有什麼事好好講，打人就不對了啊。」馬兵勸道。

「有什麼好講的，他盜墓！這是我女兒死後，我給她的陪葬品。我這雙老眼還能認出來。你說，你說，你是不是盜了墓拿到這個東西的？」當鋪老闆怒吼，一雙眼睛冒出怒火。

「這東西確實不是我的，這是我妻子給我兒子的。」陳少進辯解道。

當鋪老闆唾沫橫飛道：「你騙誰呀你，你這一年多沒了人影，在哪裡找媳婦？還生個孩子出來？」

「在孟甲山。」陳少進理直氣壯道。

當鋪老闆一愣，接著更加兇狠地罵道：「你騙誰呢你！你就是盜墓的！我的女兒墳墓就在孟甲山。你盜了我女兒的墓。咱們也別在這裡空鬧了，見官去吧你！」

馬兵也不知道到底怎麼一回事，聽到要打官司，連忙化解道：「老人家你別氣，我表兄是老實人，不會盜墓的。其中肯定有什麼誤解，好好講來，好好講來。」

陳少進也要解釋。當鋪老闆頭一擺，揮手不聽，堅決地說：「你啥也別說了，說了沒用。咱們見官吧。你等著吧。」他氣憤地扔下金牌，邊說邊往外走。馬兵見他這麼生氣，也不敢拉。

鎮政府參與到這件事情中來。

陳少進把自己的事情經過表述了一遍。可是當鋪老闆和政府人員都不相信他的話。當鋪老闆一口咬定陳少進盜了他女兒的墓。

雙方鬧得沒有辦法，中間人就說，只有開棺啟墓打擾死人了。但是白天這樣做不好，怕引起圍觀，並且死人的氣味和面相不好，會嚇著周圍居民的小孩。經過商量，雙方同意在次日晚上挖開墳墓。

爺爺聽說他們要開棺，急忙阻撓。

爺爺說：「這活僵屍如果在棺材裡封閉著，就一切都好。再過一年半載的，肉體腐爛了，活僵屍也就成一堆爛骨頭了。可是如果現在啟開棺材，剛好給了它逃脫的機會，萬一制止不住，將造成可怕的後果。」

可是當鋪老闆不聽勸解，一口咬定陳少進是盜墓賊，要送他進監獄；陳少進信誓旦旦說沒有盜墓，可是拿不出金牌不是偷來的有力證據；而政府人員想不出更好的辦法。

「一定要開啟棺材才能定奪。」他們都一致認定。

爺爺無奈道：「你們要開棺也可以，但是能不能等幾天。再過五天，第五天晚上不會有月亮，我跟你們一起去做法事。如果沒事最好，萬一有事也好有個挽救的辦法。你們看行嗎？」

其他人見爺爺提的要求不過分，都答應第五天再挖墳開棺。

並且第五天我剛好有假，可以跟爺爺一起去。

32

到了第五天，當鋪老闆，陳少進抱著兒子，我和爺爺，三個挖墳的勞力，還有兩個政府人員和兩個見證人，一起坐了兩輛廂型車前往孟甲山。

爺爺帶了一把桃木劍，一袋石灰粉，幾張黃紙符。桃木劍還是捉水鬼時用過的，原來的桃木氣味已經消失了。石灰粉是新買的，本來想借人家建房剩下的，但是怕人家覺得這樣影響新房的風水，所以作罷。黃紙符分成兩遝，一遝爺爺自己帶著，作法時要用到；一遝我拿著，以防萬一時發給每個人。

我們很早就出發，到了孟甲山太陽還沒有落山。我們只好等到天黑，放學的孩子們都已經到家，確保路上沒有什麼行人。

天完全黑了，果然沒有月亮，但是勉強有點不亮不暗的星星，所以不至於什麼也看不清。只是風比較大，發出嗚嗚的類似哭泣的聲音。

由當鋪老闆和陳少進指路，我們走到半山腰。前面我只聽說了陳少進的講述，並沒親來孟甲山。這次來一看，古樹崎形，荒草沒膝。

在荒草中跌跌撞撞地走了大概五分鐘，我們來到一座墳墓前。青石墓碑上的字跡看不清楚，墓碑前鋪了兩平米見方的瓷磚，如平常住戶人家的臺階。墳墓周圍都是瘋長的荒草。

三個勞工踩了踩墳上的土，試試從哪裡開始挖，吐了口唾沫在手掌搓了搓，提起鋤頭就開始挖了。兩個政府人員和兩個見證人似乎不怎麼熱心這件事，拆開一包熟瓜子一邊嗑一邊聊天開玩笑。

當鋪老闆和陳少進則死死地盯著每一塊被挖起的土，似乎這一鋤頭挖下去，下一鋤頭就會打在棺材上。

爺爺則在墳墓的七米周圍放置黃紙符，用石頭壓住。我趁空給爺爺揀拳頭大小的石頭。石頭小了黃紙符會被風吹跑，石頭大了又會蓋住黃紙符。

待黃紙符圍著墳墓壓了一圈，墳墓也挖的差不多了。棺材放頭的一端已經露出。說到土葬的棺材，就得講講它的形狀和埋葬方法。棺材兩端不是一樣大的，而是放屍體頭的一端要比放腳的那端大很多高很多，其形狀就如木楔。埋葬也不是放在坑裡然後填土，而是事先做好一個磚砌的洞，方言叫雙金洞。因為洞一般挨著挖兩個，一個放丈夫一個放妻子。

人老後還沒有死就要事先做好雙金洞。待埋葬的時候只需將棺材塞進雙金洞，如抽屜盒塞進抽屜，然後用磚堵住洞口即可。

但是由於雨水的滲透，雙金洞容易垮掉壓住裡面的棺材，所以挖掘的時候還是要找好下手的地方開挖。

不一會兒，勞工用鋤頭扒去了壓在棺材上的泥土和石磚，棺材的整體都顯露出來了。

「開?」見證人拿眼看看當鋪老闆,又看看陳少進,見他們沒有異議,便揮手命令開啟棺材。

勞工用鉗子翹起釘在棺材上的長釘。

幾個人一起用力,將棺材掀開。立即,大家聞到一股惡臭,紛紛用手搧鼻子。大家一起靠前去,看棺材裡的情形。

屍體面目還保持完好,衣服的顏色還比較新,彷彿剛剛瞑目。她的懷裡居然抱著一個細皮嫩肉的嬰兒!

可是嬰兒不見動彈,仔細一看,嬰兒的眼眶裡被灰塵填充,甚是恐怖!

有一個見證人看清了嬰兒,不禁尖叫。

「有什麼可怕的?要怕就別跟著來啊。」另一個見證人責罵道,「搞得我們心裡也毛毛的。」

果然像陳少進說的那樣。

屍體的腳旁還放著一個陶罐。「那個就是她偷喝的酒。」陳少進指著陶罐說。

當鋪老闆點頭道：「那也是我給女兒的陪葬品，她生前喜歡喝點，我就把家裡最好的女兒紅放在棺材裡一起埋了。」

政府人員戴上一雙橡皮手套揭開陶罐上的滿是灰塵的塑膠布，一陣酒香撲面而來。但是酒香混合著屍體的臭味也是不好受的味道。

搖搖陶罐，裡面響起水聲。「果然只有半罐了，陳少進說得沒錯。」那個政府人員說。

當鋪老闆驚恐道：「她懷裡的孩子是哪裡來的？」陳少進低下頭，他懷裡的男孩突然哇哇地哭起來。

我看見棺材裡嬰兒脖子上掛的金牌和陳少進懷裡孩子的金牌一模一樣。

「看來陳少進沒有騙人哪。」一個見證人感嘆道。

「啊！」又是那個膽小的見證人叫起來。

「怎麼了？」另外一個見證人不耐煩地問道。

「她、她、她……」膽小的見證人一個拳頭伸進口裡咬住，一隻手指著棺材裡的屍體。

我們仔細看棺材裡的屍體，她的手放開懷中的嬰兒，居然挪動身子要爬起來！

我們被眼前的情景驚呆了，幾個人像釘子釘住了似的，一時竟然不知道逃跑。

屍體伸出慘白的手，指著陳少進罵道：「說了不要你帶生人來家裡的，你又忘記了嗎？」聲音如吞了火炭般嘶啞。

「哇」的一聲，幾個人都嚇得撒腿就跑。

爺爺大喝：「別亂跑！都到我背後來！都到我背後來！」

有兩個人根本不聽爺爺的呼喊，很快就消失了。其餘人都縮到爺爺的背後，相互抱著不敢動彈。

屍體爬出棺材，雙腿如打了石膏似的僵硬地走向我們。爺爺張開雙手護著我們後退，一直退到黃紙符的圈外。

屍體露出一個猙獰的笑，繼續向我們靠近。

「站住！」爺爺怒喝道。

屍體遲疑了一下，然而又提起腳向前跨出。

「站住！快回棺材裡去睡好。等妳的屍骨完全腐化，妳就可以重新投胎做人了。如果妳再走出來，我收了妳的魂，妳以後就連做人的機會都沒有了！」爺爺舉起桃木劍。人死後變成鬼，鬼也可以死的，鬼死後變成聻。聻不可以再回到輪迴中。古書中有說道：「人死則鬼，鬼死則聻。鬼之畏聻，若人畏鬼也。」

屍體並沒有停下，繼續朝我們走來，漸漸靠近黃紙符的圈邊。

屍體平伸雙手對準我們，突然加速衝過來。爺爺背後的人終於按捺不住，又四處跑散。屍體一腳踩在黃紙符上。「哧」的一聲，黃紙符自燃了。屍體連忙提起腳，後退不迭。

眾人見屍體走不出黃紙符圈，重新安下心來，又聚到爺爺的背後。

「把你手裡的黃紙符給他們每人一張。」爺爺吩咐道。我馬上分給他們黃紙符。

「揣在心口。」爺爺目不轉睛地盯著屍體，吩咐我們道。

衣服胸口有口袋的都裝進黃紙符，沒有的用手握符護在心口。

33

可是黃紙符不能起很大的作用，燒了就沒有了。屍體又朝我們走過來。

「每人抓一把石灰粉擦在臉上。」爺爺抖開裝石灰粉的袋子。我們每人抓了一把胡亂在臉上抹了。古書上有解釋，僵屍並不是電視裡演的那樣，咬了誰誰就會變成僵屍。僵屍咬人了會有較強的毒，被咬的地方會腫的像燈泡，像被蛇咬了類似。不過毒蛇咬了會死人，僵屍咬了不會很快死人，腫的地方會慢慢腐爛，延展至四周，如果不治療，會慢慢延伸到全身。整個人看起來像腐爛的屍體，所以很多人誤認為僵屍咬了人，人也會變成僵屍。

唯一解救的方法是用生石灰敷在腐爛的地方，因為腐爛的地方會出膿水，生石灰遇到水劇烈發熱，將腐肉燒焦，從而達到消毒的效果。雖然這樣很痛苦，可是沒有辦法。

「不要過來。」爺爺恐嚇道，手抓一把石灰粉擲向僵屍。很多石灰粉立即被風吹離了原來的方向，只有幾粒稍大的石灰團打在僵屍的身上。

落在僵屍身上的石灰團即刻發出「吱吱」的消融聲，將周圍的皮膚燒爛。瞬間石灰團在僵屍的皮膚上消失。

僵屍齜牙咧嘴，痛得「嗷嗷」叫。它一張開嘴叫喚，幾顆漆黑腐爛的牙齒從嘴裡掉落出來。它仍然努力走過來，伸出雙手向我們揮舞。

它首先撲向爺爺，爺爺一彎腰，躲開僵屍的手掌。我們連忙又散開。

它轉而撲向一個勞工。勞工連連後退，僵屍步步緊逼。勞工退了幾步突然停住，他後面一棵樹抵住了背。他嚇得一時失了主意，竟然不知道繞過去逃跑。他就那樣背靠著樹傻傻地哆嗦地看著僵屍一步一步靠近。

「符！符！」爺爺拼命喊道，「貼在胸口！」

那個勞工慌忙拿出黃紙符，竟然向僵屍的胸口貼去！

僵屍一揮手，將勞工的手打開，張開嘴要咬。

「快蹲下，蹲下！」爺爺見叫他沒有反應，隨地抓了一把石頭朝勞工砸去。

勞工被石頭砸醒，慌忙蹲下來。僵屍的身體非常僵硬，彎腰很困難。所以蹲下的話，它很難抓到人。

僵屍見他蹲下，也努力彎下腰來要抓他，彎腰的時候，骨頭發出「咔咔」的聲音，彷彿腰骨就要斷掉。

勞工見狀嚇得撲倒在地，手腳並用爬行，不斷喚救命。

僵屍彎下腰伸手還是抓不到勞工，於是一躍而起，如猛虎下山撲向勞工。「撲通」一聲，僵屍壓在勞工的身上。勞工嚇得臉完全變了形。人在極度恐怖的情況下，面目比鬼還難看。我看見勞工恐怖的臉，陣陣寒氣侵蝕我的心臟。

僵屍要咬勞工，但是他臉上都是石灰粉，它不敢咬。但是勞工的耳朵上並沒有擦上石灰粉，僵屍對準他的耳朵一口咬下。僵屍的口裡已經掉得沒有幾顆牙齒，鬆開口來，勞工的耳朵上僅有一個洞。傷口的鮮血混著漆黑的東西流出來。

陳少進見僵屍咬人了，可能覺得這都是自己要負責任的，於是不再避開，反而狂叫著衝向僵屍。他手裡還抱著他的兒子，他怕討債的趁他不在搶走兒子要脅，於是一直把兒子抱在手裡。

陳少進衝到僵屍面前，狠狠地朝僵屍踢。

僵屍放開勞工，緩慢爬起來。在僵屍起來的期間，陳少進踢了它無數腳，可是沒能阻止它站起來。

「你不是要回報我嗎？」僵屍盯著陳少進說話。話說完，一顆眼珠從僵屍的眼眶裡掉出來，落在荒草上悄無聲息。

「你不是要回報我！」僵屍怒吼道，臉上的皮膚支撐不住，被裡面的骨頭撐破，一道裂縫立即從僵屍的眼角長到嘴角。白色帶黑斑的骨頭露出來。

陳少進顫抖著嘴唇不說話，他懷裡的孩子竟然也不哭泣。

「你不是要回報我嗎？」僵屍沉吟道。突然，它伸出雙手掐住陳少進的脖子，陳少進的眼睛鼓起來，臉漲成醬色。

爺爺在僵屍背後提著桃木劍喝道：「住手！不然我刺穿你了！」說是這麼說，爺爺怕刺向僵屍的同時僵屍把陳少進的喉嚨掐穿，只能口頭嚇唬罷了。

陳少進的鼻孔流出血，僵屍仍不放手。

我們都只能屏住呼吸看著，不敢輕舉妄動。陳少進和僵屍沉默地對峙。

風也停止了吹刮，周圍頓時安靜下來。

血靜靜地在陳少進的下巴聚集，終於聚集到夠大的一滴，滴落在懷中的兒子身上。

他的兒子立即大哭起來，嘹亮的聲音撕破這死一般的沉靜。

僵屍聽到哭聲，手立即軟下來，用它一隻空洞一隻表面完好的眼睛注意到陳少進懷裡的孩子。

陳少進怕僵屍對孩子有什麼企圖，在不驚動僵屍的情況下緩緩朝後退步。僵屍彷彿沒有發現陳少進的後退，眼睛跟著孩子移動。從僵屍的表情來看，不知道是驚惶還是好奇還是關愛。

「她還記得孩子。」一個人悄悄地自言自語。

此時爺爺悄悄從背後靠近僵屍，接著一個撕裂肉體的聲音傳來，桃木劍從背後刺進了僵屍的心臟。

僵屍想轉過身來，可是還沒轉過來就仰面倒在地上了。刺穿的地方沒有流出血，只有幾隻噁心的軟體動物從那裡爬出來。它們在僵屍的體內存活已經不止一日了……

我們又靜止站了半天，僵屍再也沒有動靜。當鋪老闆這才哭出來：「我可憐的女兒啊！」被咬傷的勞工也癱坐在地上哭嚎：「我要變成僵屍啦，怎麼辦啊！」

後來，那個勞工沒有變成僵屍，這是自然的事。他被咬傷的耳朵第二天腫成豬耳朵那麼大。爺爺勸他用生石灰燙，他不聽，說怕疼。寧可天天「嘶嘶」著嘴，也不願意忍了短疼去了長疼。

可是有個晚上，他睡覺前怕疼醒特意喝了很多酒，喝得癱倒在地上像一攤稀泥。幾個酒友把他扛到床上便各自回家了。

他妻子幫他蓋好被子便在旁邊睡下。半夜，他妻子聽見老鼠吱吱叫的聲音，起床一看，幾隻老鼠在爭搶著啃食丈夫的耳朵。而她丈夫睡得太死竟然沒有覺醒。

他妻子驚叫起來，摸起枕頭就打搶食的老鼠。老鼠一窩蜂散了。他妻子點起燈來看，丈夫的爛耳朵被咬得乾乾淨淨。

第二天勞工醒來，聞到屋裡有死老鼠的臭味。撓癢時摸到耳朵沒有了，還以為做夢。他妻子給他買了個狗皮帽子，出門就遮住耳朵。不過這倒好，他不用擔心變成僵屍的模樣了。

上大學後，我又在一次宴會上見過那個勞工，他已經不戴狗皮帽子了，一個白嫩的耳朵長在原來缺少的地方，與他的黝黑的臉極不相配。媽媽告訴我，他那裡接的是橡皮耳朵。我釋然。

34

那具僵屍最後放回到了棺材，不過沒有在原地埋下。

陳少進強烈要求把棺材和僵屍一起搬到他的家裡去，擺放在裡屋。那個死去的女嬰仍然放回到僵屍的懷抱。

然後在屍體周圍撒上石灰和木炭，石灰防潮，木炭除臭。將棺材重新漆了三遍，然後放在兩條長木凳上。木凳腳下墊兩塊磚。

這一帶，很多老人到了六十多歲，身體還很硬朗便開始操心自己的棺材，一定要將棺材做好，刷了十八層桐油，再刷上三遍黑漆，然後手指在上面敲出「咚咚」的清脆聲音，才滿意地笑。我的姥姥便是典型的例子。對不起，前面忙於交待故事，一直忘記了說爺爺的後媽還在世。姥爹馬辛桐原來有一個妻子，但是生下爺爺後不久就去世了，於是姥爹續娶了比他年輕二十多歲的大戶人家的小姐。所以姥爹死了多年，姥姥還健健康康。

姥姥還能跑能跳的時候，便天天跟在爺爺後面要置棺材。爺爺不耐煩道：「妳現在不好好的嘛，一點病痛都沒有，就操心棺材幹什麼。」

姥姥說：「今天脫鞋睡覺，明天就不知道還能不能穿上呢。不把我的棺材置備好了，我晚上睡覺都不敢睡沉。生怕睡著去了還沒有棺材埋我呢。心裡總是不安心。」

爺爺沒有辦法，只好量了她的身高去棺材匠那裡訂做一具。棺材匠相當於木匠一樣的職業，只是他不能像木匠一樣做其他家具，因為人家擔心他把手上的晦氣帶到家裡來。

自從姥姥把棺材搬到她的房間後，我就再也不敢一個人去她的房間了。因為我總疑神疑鬼，懷疑棺材裡面已經有人躺在那裡了。而姥姥歡喜得紅光滿面，不因為看到死亡將近而悲傷，卻因為死後有了躺身的地方興奮不已。早晨起來了要用手指敲幾下棺材，弄出讓我很不舒服的「咚咚」聲，晚上睡覺前她也要敲，使我常常做噩夢。

我不知道陳少進看著裡面真正有屍體的棺材會不會害怕。有屍體放在家裡，他會不會覺得自己重新住回了原來的墳墓？這些我不得而知。不過自從棺材搬進他的家後，他的生活習性發生了變化。

首先，他愛上了喝酒，尤其喜歡女兒紅，並且每喝必醉。但是他的錢不多，很快就只能喝上劣質的白酒。他那個孩子跟著他可是受苦了。

第二，他在晴天很少出來，最後幾乎有太陽就不出來。由此，他的皮膚變得很白，像嬰兒一般，不像成年男子的皮膚。眼睛也變得異常脆弱敏感，光線稍強便會湧出許多眼淚。

第三，也是因為前面兩個變化，人家很少去他家串門，他也幾乎不去別人家。他變得生僻孤獨，幾乎與家門外的世界斷交。

村裡的人經過他的家門時就如經過一座墳墓般心有戚戚。

奇怪的是他的孩子似乎沒有受到他的任何影響，那個孩子經常在家門外玩泥巴打麻雀，看見路過的人便給一個爽朗的微笑。別人對他的微笑躲閃都來不及，他也不在意。自然，其他人家的孩子也不敢和他一起玩。後來我聽說那孩子的學習成績非常好。

不過，我當時沒有時間想那個孩子的未來會怎樣。我除了正常的上課時間，其他時間都用來閱讀那本《百術驅》，裡面有很多字很多詞都是初中語文課本裡沒有的。我學起來很困難，幾乎是一個字一個字地啃。

有時放學的路上，我想過去找歪道士指導。可是要麼歪道士不在破廟裡，要麼聽見破廟裡有聲音不敢進去。

我還想過去找守護土地廟的四姥姥。但是媽媽告訴我，四姥姥在舊年代沒有讀過書，斗大的字不認識一個。比如寫土地公公的牌位，她都要村裡的小學生幫忙寫，一個字給一顆冰糖。

因為古書的前半部分我都很難學，所以暫時放下了找到後半部分的心思，沒有再多想「移椅倚桐同賞月」七個字的含意。

有一次上語文課，我隨手將這七個字寫在草紙上。語文老師從我身邊經過的時候看見了，好奇地問：「這不是一個對聯的上句嗎？你寫這個幹什麼？」當時我緊張老師怪我上課不專心，沒敢接言。

跑了幾次破廟都沒有遇到歪道士，我不禁想，這個古怪的道士哪裡有這麼多的交際？是有人找他還是他去找別人？他總是清早一個人樂孜孜地出門，傍晚一個人樂呵呵地回來。誰也不知道他這一天在哪裡，做了些啥。

後來我們很多人見歪道士帶了一個女人回廟裡。我們都很奇怪這突然的變化。

我親眼見過那個女的。她的長相也是相當奇特，才三十不到的年齡便頭髮蒼白，連臉上的汗毛都是白色。皮膚白得透明，能看到皮膚下面的複雜的毛細血管。眼睛也不是我們那樣的黑眼睛，她的眼睛是淡黃色的，似乎她看到的東西會和我們看到的不一樣。

因為破廟和學校挨得很近，幾個老師也看見了那個女人。老師也說了：「她的眼睛結構和我們一般人不一樣，看到的東西和我們看到的不是一個形態。」我不知道老師是開玩笑還是認真的。

我回去後把這個事情跟媽媽說了。沒想到媽媽居然知道這個女人。

「她是文天村的。」媽媽說，「很早爹娘就死了，十二三歲離開村裡跟著一幫道士學藝。有的辦葬禮的人家會請她去唱孝歌。她很會唱孝歌的。清明的時候她會回文天村掛清明，我看到幾次了。你沒注意吧。」

唱孝歌也是這一帶的習俗。在辦葬禮的七天裡，晚上都要唱一段孝歌，孝歌內容是死者生前從小到大經歷的主要事蹟。唱孝歌要帶一點哭腔，唱得好的能把聽的人唱哭了。據說那個女的能把路過的人都唱哭，唱功十分厲害。

高中時，我在生物課上學到關於白化症⑫的知識，於是懷疑當初那個女人是不是患得了白化症。生物老師說白化症人怕光，視力不好。可是據回憶，那個女人不但在太陽底下跟歪道士攀談，視力也好得驚人，比我爺爺的視力還要好。

那次她站在歪道士的破廟前，隔了百米的距離看到我們初中學校的牌匾，對我們幾個學生說：「你看，你學校懸掛牌匾的釘子要斷了，叫老師換顆好釘子。」

我們只能勉強看清牌匾上寫了「某某中學」四個字，哪裡能看見釘子？第二天我們進校門時看見牌匾歪了，左邊的釘子斷了，全部的重量懸掛在右邊的一顆釘子上。

「好了，今天講到這裡。我還要留點時間寫實習報告呢。」湖南同學伸了一個懶腰。

「我以前聽過一個故事，跟這個有點相似。說的是一個男人和一隻野猩猩的故事。一隻野猩猩喜歡上了一個男人，他們還生了一個孩子。後來那個男人背信棄義，那個猩猩將他們的孩子撕扯成了兩半，一半扔給了男人，一半留給了自己。」王寶說道。

湖南同學思考片刻，點頭道：「嗯。愛上一個人，就要相信她的全部。互相之間猜忌，那是沒有好處的。」

王寶垂涎道：「你可以多加一個故事嗎？現在不聽你的故事就感覺睡不

著了。」

湖南同學道：「剛剛說了，我還要寫實習報告呢。」

國家圖書館出版品預行編目資料

青燈鬼話／童亮著.
－－第一版－－臺北市：宇河文化 出版；
紅螞蟻圖書發行，2015.04
面　公分－－(每個午夜都住著一個詭故事；1)

ISBN 978-957-659-984-2（平裝）

857.63　　103027027

每個午夜都住著一個詭故事 1
青燈鬼話
作　　者／童　亮
發 行 人／賴秀珍
總 編 輯／何南輝
執行編輯／韓顯赫
美術構成／Chris' office
校　　對／楊安妮、朱慧蒨
出　　版／宇河文化出版有限公司
發　　行／紅螞蟻圖書有限公司
地　　址／台北市內湖區舊宗路二段121巷19號（紅螞蟻資訊大樓）
網　　站／www.e-redant.com
郵撥帳號／1604621-1　紅螞蟻圖書有限公司
電　　話／(02)2795-3656（代表號）
傳　　真／(02)2795-4100
登 記 證／局版北市業字第1446號
法律顧問／許晏賓律師
印 刷 廠／卡樂彩色製版印刷有限公司
出版日期／2015年 4 月　第一版第一刷

定價 160 元　港幣 54 元

ISBN 978-957-659-984-2　　Printed in Taiwan